1908 - Mai 12 -

COLLECTION JULES GERBEAU

G. G.

Gravures des XVIIe et XVIIIe Siècles

COLLECTION

J. GERBEAU

CONDITIONS DE LA VENTE

Elle sera faite au comptant.

Les acquéreurs paieront 10 p. 100 en sus des enchères.

M. Danlos se réserve la faculté de rassembler ou de diviser les lots.

La collection sera exposée, 15, quai Voltaire, du lundi 4 mai au 9 mai.

ORDRE DES VACATIONS

Mardi.	12 mai.	Nos 106 à 291
Mercredi.	13 —	— 292 à 487
Jeudi . .	14 —	— 488 à 646
Vendredi.	15 —	— 1 à 105
	— —	647 à 744

GRAVURES

DES XVIIe ET XVIIIe SIÈCLES

Pièces imprimées en noir et en couleurs

ŒUVRES

DE

DREVET, DURER, NANTEUIL, OSTADE, REMBRANDT

ALIX, BAUDOUIN, BOUCHER
CHARDIN, DEBUCOURT, DEMARTEAU, FRAGONARD
FREUDEBERG, HUET, JANINET
LAWREINCE
MOREAU, MORLAND, REYNOLDS, ROWLANDSON
G. ET A. DE SAINT-AUBIN, WATTEAU, etc.

RECUEILS DE CARICATURES

ET SCÈNES DE MŒURS

Composant la Collection de M. Jules GERBEAU

DONT LA VENTE, PAR SUITE DE SON DÉCÈS

AURA LIEU A PARIS

HOTEL DROUOT, salle N° 6

Du Mardi 12 Mai au Vendredi 15 Mai 1908

A DEUX HEURES PRÉCISES

COMMISSAIRES PRISEURS

Me Paul BIZOUARD	Me Henri BAUDOIN
18, rue Duphot, 18	Successeur de Me P. CHEVALLIER
PARIS	10, rue Grange-Batelière, 10

EXPERT

M. A. DANLOS, marchand d'estampes, 15, quai Voltaire, 15

EXPOSITION PUBLIQUE

Le Lundi 11 Mai 1908, de 2 heures à 5 heures.

ÉCOLES

ALLEMANDE, HOLLANDAISE ET FRANÇAISE

XVIe ET XVIIe SIÈCLES

BERGHEM (Nicolas)

1. La Vache qui pisse (Duluit 2).

Très belle épreuve du 2e des cinq états décrits : avec le nom du maître, mais avant toutes adresses.

BONNART (A Paris chez Nicolas)

XVIIe SIÈCLE

1 *bis*. Dame en habit de velours doublé d'hermine. — Dame de la Cour, en déshabillé négligé. — Dame en habit d'agrément. — Dame en habit d'été en stinkerque. — Dame de grande qualité, en habit d'hiver. — Dame de la Cour, en jupe d'hermine.

6 pièces intéressantes comme costumes.
Très belles et très fraiches épreuves avec marges.

BOUT (Peter)

2. Les Marchands de Poissons (Duluit 1). — Les Traîneaux sur la glace (3). — Halte de chasseurs (4).

Trois pièces.
Très belles épreuves.

CALLOT (Jacques)

3. Le Martyr de saint Sébastien (Meaume 137).

Très belle et rare épreuve du 1er état : avant l'adresse d'Israël, au-devant du nom du maître.

4. Les Grandes misères de la guerre (564-581).

Suite de dix-huit pièces.

Très belles épreuves tirées avant que l'*excudit* d'Israël et la mention du privilège aient été effacés.

5. Le Jeu de Boules (623).

Très belle et rare épreuve du 1er état : avant le nom de Callot et l'adresse d'Is. Silvestre. Manque de fraîcheur.

DE SON (Nicolas)

6. Portail de l'église Saint-Nicaise de Reims.

Très belle épreuve avant l'adresse.

DESPLACES (Louis)

7. Titon (M. *Bécaille*, veuve), d'après N. de Largillière. In-f°.

Très belle et rare épreuve avant toutes lettres, avant de nombreux travaux et avant la bordure inférieure terminée.

DREVET (Pierre)

8. Louis de France, surnommé le *Grand Dauphin*, fils de Louis XIV, d'après H. Rigaud (Firmin-Didot 56). In-f°.

Très belle et rare épreuve du 2e des quatre états décrits : avant l'adresse de Bligny; très grande marge. Colon du duc de Cambridge.

9. Toulouse (Louis-Alexandre de *Bourbon*, comte de), d'après H. Rigaud (64). In-f°.

Superbe et très fraîche épreuve du 1er état : avec deux ancres en sautoir placées derrière le cartouche. Rare.

DREVET (Pierre-Imbert)

10. Orléans (Louise-Adélaïde), abbesse de Chelles, d'après Gobert (F. D. 19). In-f°.

Très belle épreuve ayant une très grande marge. Colon du duc de Cambridge.

11. *Mailly* (François de), cardinal, archevêque de Reims, d'après Vanloo (26). In-f°.

Très belle épreuve. Très grande marge.

DURER (Albert)

12. La Sorcière (Bartsch 67).

Belle épreuve, légèrement épidermée.

13. La Grande fortune (77).

Superbe épreuve sur papier à la grande couronne. Col^on Didot.

DUSART (Corneille)

14. Les Crieurs (Dutuit I). — Les Deux chanteurs (3). — Les Deux vieilles chanteuses (6). — Le Cordonnier renommé (14).

4 pièces.

Anciennes et très belles épreuves, la première pièce est avant la réduction de la planche en ovale.

15. Le Violon assis (15).

Très belle épreuve signée au verso : « *J. G. Wille 1760* ».

16. La Fête du village (16).

Très belle épreuve. Marge.

ÉCOLE FLAMANDE

17. Le Vacher et le taureau. — Brebis debout sur le devant d'un pré. — Bélier et moutons couchés sur l'herbe. — Le Berger qui joue de la cornemuse. — Une brebis allaitant son agneau. — Les deux bœufs qui se battent.

6 pièces gravées par A. Van de Velve, J. Miele, Van der Meer de Jonghe et P. Potter.

Très belles épreuves.

18. Le Grand lion. — Réjouissances hollandaises. — La Pêche aux écrevisses. — Vénus pleurant Adonis. — Vertumne et Pomone. — Céphale et Procris, etc.

9 pièces par De Gheyn, Hondius, G. de Lairesse, Van Orley et autres maîtres.
Très belles épreuves.

19. Une Danse. — Jupiter et Antiope. — Repos de soldats. — Le Marché. — Le Sonneur de Cor. — Scènes flamandes.

17 pièces par et d'après Rubens, Kobell, Van de Velde et autres maîtres.
Très belles épreuves.

EDELINCK (Nicolas)

20. Dryden (J.), célèbre poète anglais, d'après Kneller (R. Dumesnil 187). In-f°.

Très belle épreuve. Fort rare.

21. Parent (J. C.), chevalier romain, d'après Tortebat. In-f° (287).

Très belle épreuve. Très grande marge.

FLAMEN (Albert)

22. Vues des environs de Paris. 20 pièces tirées de différentes suites.

Très belles épreuves, 5 sont avant les numéros.

GELÉE (Claude), dit le Lorrain

23. Le Troupeau à l'abreuvoir (R. Dumesnil 4).

Superbe et très rare épreuve du 1er état : avec les angles aigus et avant que les marges aient été nettoyées.

24. La Danse sous les arbres (10).

Très belle épreuve tirée avant que les trois oiseaux, volant dans les airs, fussent réduits à un.

25. Le Pont de bois (14).

Très belle épreuve avec les angles aigus.

26. Mercure et Argus (17).

Très belle épreuve du 1er état : avant toutes retouches et avant la couture d'eau-forte, formant tache, au-dessous de la crosse du bâton d'Argus.

27. La Danse villageoise (25).

Superbe épreuve du 1er état : avant une espèce de crevasse, formant tache au milieu du fond, arrivée à la planche par accident et avant que le trait carré ait été renforcé. Rare.

HOLLAR (Wenceslas)

28. Charles Ier, roi d'Angleterre, d'après Ant. Van Dyck. Petit médaillon ovale.

Superbe épreuve du 1er état : avant que les inscriptions, dans la marge, aient été changées.

29. Les Saisons, sous les figures allégoriques de jeunes femmes vues à mi-corps.

Suite de 4 pièces.
Très belles épreuves.

30. Costumes, 16 pièces. — Étude de Cygne. — Étude de six lions.

Ensemble 18 pièces.
Très belles épreuves.

LE CLERC (Sébastien)

31. Quelques figures, chevaux, paysages, présentés à Mgr le Duc de Bourgogne... — Vues de plusieurs petits endroits des faubourgs de Paris.

Deux suites, la première de 24 pièces, la seconde de 42. Ensemble 66 pièces réunies en un vol. in-8°, obl. cart.
Très belles épreuves.

LEU (Thomas de)

32. Estrées (Gabrielle d'), marquise de Monceaux et duchesse de Beaufort, dans un encadrement dont les angles sont garnis de branches de laurier (R. Dumesnil 361). In-8°.

Magnifique épreuve, elle est très fraiche et a une petite marge. Excessivement rare de cette qualité.

LOMBART (Louis)

33. Argenson (Messire Marc-René de *Voyer de Paulmy*, chevalier, marquis d'), lieutenant général de Police. In-f°.

Superbe épreuve d'un portrait gravé à la manière noire.

MORIN (Jean)

34. Vitré (A.), imprimeur, d'après Ph. de Champaigne (R. Dumesnil 88). In-f°.

Très belle épreuve.

MULLER (Jean)

35. Claire-Isabelle-Eugénie, infante d'Espagne, d'après Rubens. In-f°.

Très belle épreuve.

NANTEUIL (Robert)

36. Autriche (Anne d'), reine de France, buste fort comme nature (R. Dumesnil 23). Grand in-f°.

Très belle épreuve. Marge.

37. Bailleul (Louis de), président à mortier au Parlement de Paris (27). In-f°.

Très belle épreuve du 2e des quatre états décrits : avant que l'année 1658 ait été changée en 1661, puis en 1668. Marge.

38. Bellievre (Pompone de), premier président au Parlement de Paris, d'après C. Le Brun (37). In-f°.

Belle épreuve. Marge.

39. Bouillon (Godefroy Maurice de *La Tour d'Auvergne*, duc de), grand chambellan de France (50). In-f°.

Superbe épreuve.

40. Bouillon (Emmanuel-Théodore de *La Tour d'Auvergne*, cardinal de), buste fort comme nature (52). Grand in-f°.

Belle épreuve du 1er état : le personnage n'est pas encore décoré de l'ordre du Saint-Esprit.

41. Castelnau (Jacques, marquis de), maréchal de France (58). In-4°.

Très belle épreuve.

42. Charles-Emmaneul II, duc de Savoie (61). In-f°.

Très belle épreuve. Grande marge.

43. Lorraine (Charles de) Vème du nom (63). In-f°.

Très belle épreuve.

44. Chaulnes (Charles d'*Albert d'Ailly*, duc de), pair de France, gouverneur général des provinces et duché de Bretagne ; buste fort comme nature (65). Grand in-f°.

Superbe épreuve du 1er état : avant que l'année 1676 ait été suivie d'un trait. Très rare.

45. Colbert (Jacques-Nicolas), archevêque de Rouen, buste fort comme nature. Grand in-f° (78).

Superbe épreuve du 1er état : avant que la bordure en feuilles de laurier, ainsi que le fond extérieur aient été enlevés pour être remplacés par une bordure nouvelle et unie et avant que de nouvelles inscriptions aient été ajoutées dans les angles du bas. Rare.

46. Courtin (Honoré), conseiller d'État (80). In-f°.

Superbe épreuve du 1er état : avant les inscriptions sur la bordure.

47. Dunois (Jean-Louis-Charles *d'Orléans-Longueville*, comte de), d'après Ferdinand (86). In-f°.

Superbe épreuve. Marge.

48. Dupuy (Les deux frères Pierre et Jacques), sur la même planche (89). In-f° en largeur.

Très belle épreuve du 1er état : avant que la planche ait été coupée en deux. Marge.

49. Enghien (Henri-Jules de *Bourbon*, duc d'), surnommé *Monsieur le Duc*, d'après Mignard (90). In-f°.

Superbe épreuve. Marge.

50. Fouquet (Nicolas), surintendant des Finances (98). In-f°.

Superbe épreuve du 1er des six états décrits : avec le mot *missire* pour *messire* et avant aucun signe dans la marge du haut. Très rare.

51. Guébriant (Jean-Baptiste *Budes*, comte de), maréchal de France) (104). In-4°.

Très belle épreuve du 1er état : avant que la mention, *nommé à l'ordre du Saint-Esprit* ait été remplacée par, *et gouverneur d'Auxonne*.

52. La Meilleraye (Charles de la *Porte*, duc de), maréchal de France, d'après Juste (118). In-f°.

Très belle épreuve.

53. Lamoignon (Guillaume de), premier président du Parlement de Paris (119). In-f°.

Très belle épreuve du 1er état : avant les inscriptions sur la bordure et avant que l'année ait été convertie en 1661.

54. Le Tellier (Michel), ministre d'État, puis chancelier et garde des Sceaux de France (130). In-f°.

Superbe épreuve. Grande marge.

55. Le même personnage (131). In-f°.

Très belle épreuve.

56. Le Tellier (Charles-Maurice), archevêque de Reims (138). In-f°.

Très belle épreuve.

57. Loménie de Brienne (Henri-Auguste de), secrétaire d'État (148). In-f°.

Très belle épreuve du 1er état : avant que le nom du Personnage ait été écrit sous la tablette du socle.

58. Louis XIV, Roi de France (153). In-f°.

Très belle épreuve.

59. Marie-Jeanne-Baptiste de Savoie-Nemours, duchesse de Savoie, d'après F. Laurent du Sour (169). In-f°.

Superbe et rare épreuve du 1er état, avant les mots : *pendant la minorité de son fils*. Grande marge.

60. Mazarin (Jules), cardinal, ministre d'État. In-f° (184).

Très belle épreuve.

61. Neufville (Ferdinand de), évêque de Chartres (203). In-f°.

Superbe épreuve du 1er des neuf états décrits : avant que l'année 1664 ne soit suivie d'aucun signe. Très rare.

62. Novion (N. Potier de), premier président au Parlement de Paris (206). In-f°.

Très belle épreuve du 2e des quatre états décrits : avec la croix du Saint-Esprit, mais avant que l'année 1657 ait été convertie en 1658, puis en 1662.

63. Richelieu (Armand-Paul *Duplessis*, cardinal, duc de), d'après Ph. de Champaigne (218). In-f°.

Très belle épreuve du 2e des trois états décrits : avant que la barre après le point qui suit l'année ne soit précédée ni suivie d'aucun trait. Rare.

64. Scudéri (Georges de), membre de l'Académie française (221). In-4°.

Très belle épreuve.

65. Séguier de Saint-Brisson (Pierre), prévôt de Paris (224). In-4°.

Belle épreuve.

66. Servien (François), évêque de Bayeux, d'après Ph. de Champaigne (225). In-f°.

Superbe et rare épreuve du 1er état : avant l'inscription sur la console et avant que l'année ait été convertie en 1657. Marge.

67. Steenberghen (Jean-Baptiste van), conseiller du Roi au Conseil de Flandre, d'après Duchastel (226). In-f°.

Très belle épreuve du 1er état : avant que le nom de Duchastel ait été précédé des abréviations : *Nob. D. F.*

68. Talon (Denis), président à mortier au Parlement de Paris (228). In-f°.

Très belle épreuve.

69. Turenne (Henri de *La Tour d'Auvergne*, vicomte de), maréchal de France, d'après Champaigne (232). In-f°.

Très belle épreuve du 3e état : avant que le croisillon de la première barre, dans la marge du haut, ait disparu. Rare.

OSTADE (Adrien van)

70. L'École (Dutuit, 17).

Très belle épreuve du 1er état : avec la marge inférieure couverte de salissures de burin. Colon Soutzo.

71. Les Pêcheurs (26).

Belle épreuve.

72. **Le Charlatan (43).**

Superbe et rare épreuve du 1er état : à l'eau-forte pure, avant la bordure et avant que le groupe des quatre enfants ait remplacé, à gauche, le paysan accompagné d'un enfant. Col^ons Dreux et Lesecq.

73. **Le Goûter (50).**

Très belle épreuve. Marge.

74. **La Danse au cabaret (49).**

Très belle épreuve du 4e des six états décrits : avant de nombreux travaux à la pointe sèche et avant que le trait carré ait été renforcé au burin.

REMBRANDT VAN RIJN

75. **Rembrandt aux trois moustaches (Bartsch 2 — Dutuit 2).**

Superbe épreuve. Col^on Didot.

76. **Rembrandt dessinant (B. 22 — D. 22).**

Très belle épreuve tirée avant que le dos du livre sur lequel Rembrandt dessine ait été retouché et qu'une ombre mince le traverse et lui donne l'apparence de deux volumes couchés l'un sur l'autre.

77. **Abraham et son fils Isaac (B. 34 — D. 39).**

Très belle épreuve.

78. **Joseph racontant ses songes (B. 37 — D. 41).**

Superbe et rare épreuve du 2e état : avant les contre-tailles sur le visage et le turban du frère de Joseph debout derrière lui, ainsi que sur le rideau du lit, vers la droite.

79. **Mendiants à la porte d'une maison (B. 176 — D. 172).**

Superbe épreuve du 1er état tirée sur papier du Japon : avant les contre-tailles sur le mur, près du nez du maître de la maison. Col^ons Aylesford et Straeter.

80. **Le Moulin de Rembrandt (B. 233 — D. 230).**

Très belle épreuve. Col^on Galichon.

81. **Homme à barbe courte et bonnet fourré** (B. 263 — D. 279).

Superbe épreuve du 3e état : avant que la planche ait été coupée sur la droite. Col^ons Dumesnil, Van-den-Zande et Galichon.

82. **Vieillard à barbe carrée** (B. 265 — D. 280).

Très belle épreuve. Col^on Alferoff.

83. **Renier Ansloo** (B. 271 — D. 254).

Très belle épreuve du 2e état : avant la réduction de la tablette et avant les tailles perpendiculaires près du trait carré, dans le haut à droite : elle est légèrement rognée dans la partie supérieure. Col^ons Goldsmith et Galichon.

84. **Jeune homme en cheveux** (B. 289 — D. 286).

Superbe épreuve. Col^ons Didot et Galichon.

85. **Étude pour la grande mariée juive** (B. 341 — D. 330).

Très belle épreuve tirée avant que les bords de la planche aient été nettoyés. Col^ons R. Dumesnil, Didot et Galichon.

86. **La Grande mariée juive** (B. 340-D. 329).

Très belle épreuve. Petite marge.

87. **Feuille avec six têtes au milieu desquelles est le portrait de Rembrandt** (B. 365-D. 363).

Très belle épreuve. Marge.

RENESSE

88. **Kermesse avec charlatan.**

Superbe épreuve. Col^on Aylesford.

RUISDAEL (Jacques)

89. **Le Petit pont** (Bartsch 1).

Très belle épreuve du 2e état : avant que les nuages que l'on voit, à droite, gravés à la pointe sèche, aient disparu.

RAIMONDI (Marc-Antoine)

90. La Bacchanale (Bartsch 248).

Magnifique épreuve, elle est rognée d'environ un centimètre à gauche.

SOMPEL (Pierre Van)

91. Médicis (Marie de), reine de France, d'après Ant. Van Dyck. In-f°.

Très belle épreuve du 1er état : avant le numéro.

SUIDERHOEF (Jonas)

92. Jean sans Peur, duc de Bourgogne, d'après le dessin de Soutman. In-f°.

Très belle épreuve du 1er état : avant le numéro. Signée au verso : « *Pierre Mariette 1693* ».

93. Tromp (Martin), célèbre amiral hollandais, d'après H. Pot. In-f°.

Superbe épreuve.

SCHUPPEN (Pierre-Louis Van)

94. Edwige-Éléonore, reine de Suède. In-f°.

Très belle épreuve avant la lettre. Toute marge.

95. Mazarin, cardinal et ministre d'État. In-f°.

Magnifique épreuve avant la lettre. Excessivement rare.

SILVESTRE (Israel)

96. Vue et profil de la ville de Paris. — Profil de la ville de de Saint-Denis. — Profil de la ville de Poissy. — Vue et perspective de l'Hôtel de Ville, par Goyrand.

4 pièces.
Très belles épreuves.

TAVERNIER (exc.)

97. Costumes époque Louis XIII.

3 petites pièces gravées dans le goût de Saint-Igny.
Très belles épreuves.

TÉNIERS (David)

98. Fête Flamande (Dutuit 1). — Paysan jouant du violon de poche (12). — Conversation amoureuse (13). — Les Tireurs au blanc (37).

4 pièces.
Très belles épreuves, la dernière pièce est avant l'adresse de N. Wyngaerde.

TROYEN (Jean)

99. Louis XIV et Marie-Thérèse, deux portraits équestres sur la même feuille, d'après Mignard. In-f°.

Très belle épreuve.

TIEPOLO (Jean-Baptiste)

100. 9 pièces détachées de diverses suites.

Très belles épreuves avec marge.

UMBACH (Jean)

101. Les Amours en ribotte, petite eau-forte, fort rare, décrite dans le catalogue Rigal sous le N° 729.

Très belle épreuve.

VERKOLJE?

102. Marie, reine d'Angleterre, représentée à mi-jambes et tenant le sceptre à la main.

Très belle pièce in-f°, gravée à la manière noire, éditée chez N. Visscher, à Amsterdam.
Superbe épreuve avec une grande marge. Rare.

VERMEULEN (Cornélis Martin)

103. Mesmes (J. A. de), comte d'*Avaux*, plénipotentiaire à la paix de Nimègue, d'après N. de Largillière. In-f°.

Superbe épreuve avant toutes lettres et avant les chiffres dans les médaillons qui se trouvent à chaque angle de la planche. Excessivement rare.

VISSHER (Corneille)

104. Le Concert, d'après Brouwer.

Très belle épreuve du 2e des cinq états décrits : avant l'adresse de Cl. de Jonghe et avant toutes les retouches postérieures.

105. La Souricière. — Le Grand chat.

Deux pièces.

Très belles épreuves, la première pièce est avant le nom de l'artiste et avant divers travaux.

ÉCOLES
ANGLAISE ET FRANÇAISE
XVIIIe SIECLE

ALIX (Pierre-Michel)

106. **Molière** (J.-B. *Poquelin* de) en buste, d'après Garneray. In-f°.

Médaillon ovale reposant sur un socle, décoré d'une vignette, représentant la scène VII du quatrième acte de *Tartuffe*.

Magnifique épreuve imprimée en couleurs; elle est de la plus grande fraîcheur et a sa marge entière non ébarbée. Rare de cette qualité.

107. **Saint-Aubin** (Mme), du Théâtre de l'Opéra-Comique, en buste, d'après Garneray. In-f°.

Médaillon ovale reposant sur un cartouche décoré d'une vignette représentant la scène IV de l'opéra comique : *Amboise*.

Superbe épreuve imprimée en couleurs : elle est très fraîche et a une grande marge. Rare de cette qualité.

108. **Maillard** (Mlle) du Théâtre des Arts, qui figura la Déesse Raison, lors de la célébration, à Notre-Dame, de la Fête de l'Être Suprême, en buste, d'après Garneray. In-4°.

Médaillon ovale reposant sur un cartouche décoré de figures allégoriques.

Superbe épreuve imprimée en couleurs.

109. **Le Tourneur** (Ch.). In-f°.

Représenté en grand costume de Directeur, coiffé d'un large chapeau empanaché de plumes tricolores.

Superbe épreuve imprimée en couleurs, et sans aucunes lettres, d'un portrait excessivement rare regardé, tour à tour, comme étant celui de Barras et de Treilhard. Légèrement frottée.

110. Buonaparte, premier Consul, d'après Appiani. 1798. In-f°.

Très belle épreuve imprimée en couleurs.

111. Bonaparte, premier Consul; médaillon ovale in-f°.

Représenté revêtu de l'habit rouge brodé qui lui fut offert par les Dames de Lyon en 1802.

Magnifique épreuve, avant toutes lettres, imprimée en couleurs, seulement le nom de l'artiste tracé à la pointe; elle est très fraîche et a la marge du cuivre. Très rare.

112. Berthier (Le général), d'après Gros. In-f°.

Superbe épreuve imprimée en couleurs. Grande marge.

113. Napoléon (S. A. Ie le Prince Eugène). Archi-chancelier de l'Empire Français. Vice-Roi d'Italie, d'après le tableau de S. M. l'Impératrice et Reine. In-f°.

Magnifique épreuve imprimée en couleurs.

114. Pitt (William), célèbre homme d'État anglais, d'après Ant. Hickel. In-f°.

Superbe épreuve imprimée en couleurs: elle est très fraîche et a une très grande marge. Rare de cette qualité.

115. Sievekins (G. A.), citoyen américain. In-4°.

Très belle épreuve imprimée en couleurs. Rare.

ALLAIS (Louis-Jean)

116. Vassent (Catherine), héroïne de Noyon, âgée de 20 ans.

Médaillon ovale in-4°.

Très belle épreuve imprimée en couleurs.

ALLAIS (Angélique Briceau, Mme)

117. Corday (Charlotte portrait présumé de). In-f°.

Elle est représentée vue de trois quarts à droite; coiffée d'un bonnet et portant la main à son visage; derrière elle un paravent.

Superbe et très fraîche épreuve imprimée en couleurs, elle

est avant quelques travaux, notamment avant que le paravent ait été profilé. Excessivement rare.

117 *bis*. La même estampe.

Superbe épreuve avant toutes lettres; elle est très fraîche et a toute sa marge.

ANONYMES

118. Portraits de Louis XII, Henri IV et Louis XVI.

Trois médaillons accolés à une branche de lys: dans la marge inférieure, un rébus.

Très belle épreuve imprimée en couleurs.

119. Marie-Antoinette, archiduchesse d'Autriche, sœur de l'Empereur, reine de France. Petit in-f°.

Représentée en buste, de profil, à droite, coiffure ornée de plumes.

Très belle épreuve tirée en bistre, la figure légèrement teintée de couleurs; elle est très fraîche et a sa marge entière non ébarbée.

120. L'Oiseau envolé.

Dans une chambre rustique, une jeune fille est à genoux, elle retient, par la queue, son chat prêt à s'élancer sur un oiseau qui vient de s'échapper de sa cage.

Épreuve à l'état d'eau-forte d'une pièce très rare, que nous croyons être l'œuvre d'un artiste amateur.

121. Jeune femme, jouant de la mandoline, vue dans l'encadrement d'une fenêtre.

Très belle épreuve avant toutes lettres d'une pièce gravée probablement d'après Schenau ou Wille fils.

122. Trois jeunes Suisses se disposent à monter dans une barque sur l'avant de laquelle se tient, debout, le batelier.

Superbe épreuve avant toutes lettres d'une pièce, fort bien gravée, dans le goût de Moreau le jeune.

123. La Lanterne magique : « C'est ici où on représente le fameux siège de Gibraltar. »

Très belle épreuve imprimée en couleurs.

124. « Voulez-vous savoir ma devise, c'est une jolie fille sans chemise. »

Pièce de forme ovale gravée au pointillé.

Très belle épreuve légèrement teintée de couleurs. Fort rare.

125. Le Mercredi des Cendres.

Très belle épreuve imprimée en couleurs. Très rare.

126. La Parade sur les Boulevards.

Jolie petite pièce, de forme ronde, dans le goût de Desrais.

Très belle épreuve avant toutes lettres.

127. Louis XVI, roi des Français, en buste, coiffé d'un bonnet rouge. In-4°.

Très belle épreuve imprimée en bistre.

128. Jeu de la Révolution Française.

Grande pièce ayant la forme adoptée du Jeu d'oye : soixante-deux cases menant à « l'Assemblée Nationale ou Paladium de la liberté ».

Très belle et rare épreuve anciennement coloriée. Marge.

129. Vue des travaux du Champ de Mars par les Patriotes (préparatifs pour la fête de la Fédération).

Pièce des plus intéressantes, très soigneusement coloriée sur trait : en l'état, elle a toute l'apparence d'une véritable aquarelle.

130. Le Mai des Français ou les Entrées libres.

Pièce allégorique entourée d'une bordure où sont représentées animées et inanimées quelques-unes des denrées dont la libre entrée venait d'être décrétée.

Très belle épreuve en couleurs.

131. Vue de la salle de la Convention.

Petite pièce, coloriée sur trait, des plus intéressantes au point de vue documentaire et historique. Très rare.

132. Caffé du Jardin des Tuileries.

Très belle épreuve en couleurs.

133. Fête du XIV juillet an IX : Vue de la salle de Walze construite au carré de la Laiterie.

Très belle épreuve imprimée en couleurs.

134. Marie-Louise, impératrice des Français. In-4°.

Petit médaillon, gravé au pointillé, entouré d'Amours et surmonté de la couronne impériale.
Superbe et rare épreuve avant toutes lettres. Remargée.

ANSELIN (Jean-Louis)

135. Pompadour (Mme la Marquise de), en belle Jardinière, d'après C. Vanloo. Petit in-f°.

Très belle épreuve avant une grande marge. Rare de cette qualité.

ARDELL (James-Mac)

136. Rubens et sa famille, gravé à la manière noire, d'après lui-même. In-f°.

Superbe et très fraîche épreuve avant toutes lettres.

AUBRY (D'après Étienne)

137. Les Regrets inutiles?

Superbe épreuve avant toutes lettres d'une pièce, fort rare, gravée probablement par R. de Launay; elle nous paraît avoir été destinée à faire suite aux pièces des mêmes artistes, intitulées : le *Mariage rompu* et le *Mariage conclu*, dont elle a les dimensions et l'encadrement.

BALÉCHOU (Jean-Joseph)

138. **Aved** (A.-Ch. *Gautier de Loiserolle*, Mme), d'après Aved. In-f°.

Très belle épreuve d'un 1er état non décrit : avant la mention, *Peint par Aved, gravé et présenté par Baléchou,* son ami, au-dessous des noms et des qualités du personnage et avant que les lettres de l'inscription relatant ces noms et qualités aient été renforcées; la marge inférieure est couverte de salissures de burin. Excessivement rare.

139. **Loiserolle** (Mlle *Gauthier de*), sœur de Mme Aved, d'après Aved. In-f°.

Superbe et très rare épreuve avant toutes lettres; la tablette est couverte de salissures de burin.

BARTOLOZZI (François)

140. **Marie-Christine**, archiduchesse d'Autriche, duchesse de Saxe-Teschen, d'après le chevalier Roslin, 1782. In-f°.

Superbe et rare épreuve avec le nom du personnage : *Marie-Christine,* tracé en grandes capitales grises, sans aucunes autres lettres. Grande marge.

141. Le même portrait.

Très belle épreuve imprimée en couleurs. Très rare.

142. **Rosalba** (La Signora), célèbre pastelliste; gravé au pointillé, d'après elle-même. In-4°.

Charmant petit médaillon, ovale, où elle s'est représentée tenant un éventail à la main.
Très belle épreuve tirée en bistre. Très rare.

143. *The three favorite aerial travellers :* **Vincent Lunardi** *esq*r, **George Biggin** *esq*r et Mme **Lesage**; gravé d'après Rigaud. Petit in-f°.

Superbe et très rare épreuve dans un état d'eau-forte avancé.

144. La Jeune fille à l'oiseau, d'après Ramberg, 1788.

Très belle épreuve en couleurs.

BASSET (A Paris, chez)

145. Vue du Champ de Mars le 11 juillet 1789 : Camp des Régiments de Diesbach, Châteauvieux, Sales Samath. Suisses, Berchiny et Chamborand Hussard; les Citoyens de Paris allant voir ce camp.

Très belle épreuve, imprimée en couleurs, d'une jolie pièce intéressante et fort rare.

BAUDOUIN (D'après Pierre-Antoine)

146. L'Amour frivole, gravé sous la direction de Beauvarlet (E. Bocher, 6).

Très belle épreuve d'un tout 1er état non décrit : avant toutes lettres et avec un emplacement ménagé en blanc, dans l'encadrement, pour encastrer la partie supérieure d'une armoirie ou d'un fleuron. Excessivement rare.

147. La même estampe.

Très belle et rare épreuve avant toutes lettres. Marge entière non ébarbée.

148. Le Carquois épuisé, par N. de Launay (11).

Très belle épreuve avant la lettre et avant les changements faits depuis dans la bordure. La marge supérieure est rapportée.

149. Les Cerises, par N. Ponce (13).

Très belle épreuve avant la lettre.

150. Le Chemin de la fortune, par Voyez l'aîné (14).

Superbe épreuve avant toutes lettres, elle est très fraîche et a une très grande marge. Très rare de cette qualité.

151. Le Coucher de la Mariée, gravé à l'eau-forte par J.-M. Moreau, et terminé au burin par J. Simonet (16).

Superbe épreuve à l'état d'eau-forte pure, par conséquent

avec le seul travail de Moreau sans aucun des travaux additionnels de Simonet; on lit à droite, au-dessous du trait carré : *J. M. Moreau le jeune 1768*, tracé à la pointe.

Cette pièce, l'une des plus belles de l'œuvre du Maître et par le charme de la composition et par le mérite de la gravure, n'a été tirée, dans cet état, qu'à vingt-quatre exemplaires, elle est donc d'une extrême rareté, elle est de plus en parfait état de conservation.

152. La même estampe.

Magnifique épreuve avant toutes lettres, avant les armes et avant de nombreux et légers travaux; on lit à droite, au-dessous du trait carré, comme dans l'épreuve précédente : *J. M. Moreau le jeune 1768,* tracé à la pointe; elle a une grande marge et est d'une grande fraîcheur. Excessivement rare.

153. La même estampe.

Superbe épreuve avant toutes lettres complètement terminée, les armes sont gravées et la signature de Moreau est effacée : elle est de la plus grande fraîcheur et a de très grandes marges. Très rare de cette qualité.

154. Le Curieux, par Malcuvre (17).

Superbe et très rare épreuve avant toutes lettres et avant l'encadrement. Dans cet état, le personnage que l'on aperçoit derrière la porte a un rabat, lequel ayant été couvert par des travaux ne se voit plus dans l'état suivant; elle est de la plus grande fraîcheur et a sa marge entière non ébarbée.

155. Le Danger du tête à tête, par Simonet (18).

Superbe et rare épreuve avant la lettre et avant que l'encadrement ait été ornementé. Marge.

156. Le Désir amoureux, par D. Mixelle (19).

Superbe épreuve, imprimée en couleurs, avant toutes lettres et avant que les têtes des deux amants que l'on aperçoit, à droite, dans une éclaircie, aient été remplacées par deux colombes: elle est de la plus grande fraîcheur et a une grande marge. Rare de cette qualité.

157. L'Enlèvement nocturne, par N. Ponce (20).

Très rare épreuve à l'état d'eau-forte.

158. La même estampe.

Très belle et rare épreuve avant la lettre. Très grande marge.

159. L'Épouse indiscrète, par N. de Launay (21).

Très belle épreuve avant la dédicace et avant toute adresse. Marge.

160. Le Léger Vêtement, par Chevillet (28).

Superbe épreuve avant toutes lettres; toutes marges. Très rare de cette qualité.

161. Le Lever, par Massard (29).

Superbe épreuve avant la lettre; elle est de la plus grande fraicheur et a sa marge entière non ébarbée. Excessivement rare de cette qualité.

162. Les Heures du Jour (32-33-35 et 46).

Suite de quatre pièces gravées par De Ghend.

Très belles épreuves avant toutes lettres et avec les tablettes indiquées par un simple trait; les épreuves du Matin et du Soir, les deux seules pièces de la suite où il y ait des différences, sont avant les draperies.

163. Les mêmes estampes.

Très belles épreuves. Toutes marges.

164. Le Modèle honnête, gravé à l'eau-forte par J.-M. Moreau et terminé au burin par Simonet (33).

Épreuve à l'état d'eau-forte.

165. La même estampe.

Superbe épreuve avant toutes lettres et avant les armes. elle est très fraiche et a toute sa marge. Très rare de cette qualité.

166. Qu'est là? — Ji vais (39 et 26).

Deux pièces. faisant pendants, gravées par L. Marin (Bonnet).

Superbes épreuves imprimées en couleurs; la seconde

pièce, la seule de la suite où il y ait des différences, est avec le nom de : *L..Marin* écrit *Le Marin*.

167 **La Rencontre dangereuse, par Le Veau (40).**

Superbe et rare épreuve avant toutes lettres et avant le fleuron.

168. **Le Rendez-vous (41).**

Gravé aux deux crayons, en imitation de pastel, par L. Bonnet.

Très belle épreuve.

169. **Sa taille est ravissante, par Le Beau (43).**

Superbe épreuve avant toutes lettres, seulement le nom de *Baudouin pinx.*, gravé à gauche sous le trait carré et la mention : *Fait par le Beau,* etc., tracée à la pointe, à droite. Très rare.

170. **La Sentinelle en défaut, par N. de Launay (44).**

Très belle épreuve avant la dédicace.

171. **Les Soins tardifs, par N. de Launay (45).**

Superbe et rare épreuve avant la lettre et avant les changements faits depuis dans la bordure.

172. **La Soirée des Tuileries, par Simonet (47).**

Très belle et rare épreuve avant toutes lettres et avant l'encadrement.

173. **La Toilette, par N. Ponce (48).**

Très belle et rare épreuve avant la lettre.

BAUDOUIN ET HUET (D'après)

174. **Le Déjeuné. — Le Goûter. — Le Dîner. — Le Souper.**

Suite de quatre pièces gravées par Bonnet.

Superbes épreuves imprimées en couleurs : elles sont très fraîches et ont les marges des cuivres. Très rares de cette qualité.

BEAUVARLET (Jacques-Firmin)

175. Barry (Mme la comtesse Du). en costume de chasse, d'après Drouais. Petit in-fo.

Superbe épreuve avant la lettre; elle est très fraiche et a de la marge. Rare de cette qualité.

BERTHET (Louis)

176. La Belle dormant.

Médaillon ovale gravé au pointillé.

Très belle épreuve tirée en bistre, légèrement teintée de couleurs.

BERTRANT (Étienne)

177. Bertinazzi (Carlin), de la Comédie Italienne, dans le rôle d'Arlequin, d'après La Tour. In-fo.

Très belle épreuve.

BOILLY (D'après Louis-Léopold)

178. L'Amant favorisé.

Charmante pièce, de forme ovale, gravée en réduction par Alix.

Superbe épreuve imprimée en couleurs. Très grande marge.

179. L'Optique. — L'Amour couronné.

Deux très grandes et très belles pièces, faisant pendants, gravées par Cazenave.

Superbes épreuves en couleurs, la Jeune mère debout, dans la première pièce, est le portrait de la seconde femme de Danton. Rares de cette qualité.

180. Le Prélude de Nina, par Chaponnier.

Très belle épreuve avant la lettre.

181. La Serinette, par Honoré.

Très belle épreuve avant la lettre.

BOITES (Pièces pour illustrations de dessus de)

182. L'Attention dangereuse, d'après Huet.

Très belle épreuve avant toutes lettres, imprimée en couleurs.

183. L'Amant entreprenant. — La Chercheuse de puces. —

Deux jolies pièces, de forme ronde et faisant pendants, publiées à Paris chez Civil.

Très belles épreuves imprimées en couleurs.

184. Bon t'y voilà.

Très jolie pièce, de forme ronde, gravée à la manière du lavis.

Superbe épreuve avec le titre, sans aucunes autres lettres; elle est très fraîche et a une très grande marge.

185. Le bon Accord. — La bonne Ruse.

Deux pièces, de forme ronde et faisant pendants, gravées par Bonnet d'après Chevaux.

Très belles épreuves imprimées en couleurs.

186. Le Baiser. — Le Rendez-vous.

Deux pièces, de forme ronde et faisant pendants, gravées en réduction des estampes de Regnault et de Baudouin intitulées : *Dors, Dors* et *le Rendez-vous.*

Très belles épreuves en couleurs. Sans marges.

187. Le joli Nid.

Gravé par Bonnet, d'après Chevaux.

Très belle épreuve imprimée en couleurs.

188. Il le demande. — Il le prend.

Deux pièces, de forme ronde et faisant pendants, gravées en réduction d'après Fragonard.

Très belles épreuves avec marges.

189. Le Rendez-vous. — La Dormeuse.

Deux pièces, de forme ovale et faisant pendants, gravées en réduction d'après Baudouin et Huet.

Très belles épreuves imprimées en couleurs.

190. S'il m'aime il viendra. — Elle ne s'était pas trompée.

Deux pièces, de forme ovale et faisant pendants, signées des initiales D. V., elles sont gravées en contre-partie et en réduction des estampes de Lawreince et Borel intitulées : *Le petit conseil* et *Vous avez la clef, mais il a trouvé la serrure.*

Très belles épreuves imprimées en couleurs.

BONNET (Louis-Marin)

191. *The amiable society. — The amiable family.*

Deux pièces, faisant pendants, gravées d'après Humbert, 1787.

Superbes épreuves imprimées en couleurs. Ces pièces ont été données quelquefois comme étant les portraits de Marie-Antoinette et de la Famille Royale. Rares de cette qualité.

192. Le Déjeuné.

Très belle épreuve imprimée en couleurs.

193. Le Flambeau de l'Amour.

Superbe épreuve, avant la retouche, imprimée en couleurs; elle est très fraiche et a une très grande marge.

194. La Musique. — La Danse.

Deux charmantes petites pièces faisant pendants.

Superbes épreuves imprimées en couleurs: elles sont très fraiches et ont de bonnes marges.

195. Le Procureur.

Pièce gravée à la manière du crayon.

Très belle épreuve imprimée en couleurs. Rare.

BOND (William)

196. Tallien (Madame), assise sur un canapé, d'après Masquelier. In-f°.

Superbe épreuve, avant toutes lettres, d'une pièce très rare gravée au pointillé.

BOREL (D'après Antoine)

197. La Bascule. — Le Charlatan.

Deux pièces, faisant pendants, gravées par Léveillé.

Superbes épreuves imprimées en couleurs; elles sont très fraîches et ont les marges du cuivre. Très rares de cette qualité.

198. Le Bourgeois maltraité. — Le Paysan mécontent.

Deux pièces, faisant pendants, gravées par Morret.

Très belles épreuves imprimées en couleurs.

199. L'Indiscret, par Dequevauviller.

Très rare épreuve à l'état d'eau-forte. Grande marge.

200. La même estampe.

Très belle épreuve avec la première adresse, celle de Dequevauviller. Marge.

201. Le voilà fait, par Huot.

La scène se passe dans le jardin du Palais-Royal.

Superbe épreuve avant toutes lettres. Toute marge.

BOSIO (Jean-François)

202. Le Lever des ouvrières en linge. — Le Coucher des ouvrières en linge.

Deux pièces, faisant pendants, gravées au pointillé.

Très belles épreuves en couleurs.

BOUCHER (D'après François)

203. Jeune femme assise sur un lit de repos; gravé à la manière du crayon par Bonnet (13).

Très belle et très fraîche épreuve tirée sur papier bleu avec des rehauts de blanc. Grande marge.

204. Académie de femme; gravé à plusieurs crayons par Bonnet (15).

Très belle épreuve.

205. Jeune fille vue de trois quarts à droite, les épaules en partie découvertes; gravé en imitation de pastel par Bonnet, 1767.

Très belle épreuve sur papier brun; toute marge. Très rare.

206. Jeune fille vue de face, en buste, la tête légèrement penchée; gravé en imitation de pastel par Bonnet. 1767.

Très belle et très rare épreuve tirée sur papier teinté vert.

207. L'Amour prie Vénus de lui rendre ses armes; gravé en imitation de pastel par Bonnet.

Très belle épreuve tirée sur papier bleu.

208. Vénus et l'Amour; gravé à plusieurs crayons par Bonnet.

Très belle et très fraîche épreuve avec marge.

209. Vénus surprise par l'Amour. — Vénus caressée par l'Amour.

Deux pièces, faisant pendants, gravées à plusieurs crayons par Bonnet.

Très belles épreuves, la seconde pièce a une grande marge.

210. Vénus à sa toilette, par Bonnet.

Très belle et très fraîche épreuve en couleurs. Toute marge.

211. Le Petit marchand de gâteaux, par Bonnet.

Très belle et très fraîche épreuve en couleurs; grande marge. Fort rare.

212. L'École par De Fehrt.

Épreuve à l'état d'eau-forte.

BOUCHER ET HUET (D'après)

213. Jupiter et Léda. — Diane et Calisto. — Diane et Endymion. — Vénus et les Amours (607, 608, 610 et 611).

Suite de quatre pièces gravées par Léveillé.

Magnifiques épreuves imprimées en couleurs ; elles sont de la plus grande fraîcheur et ont de très grandes marges. Excessivement rares de cette qualité et dans cette condition.

CARDON (Antoine)

214. Sindney Smith (Sir William). In-f°.

En buste, dans une bordure carrée ; en dessous une vignette par Mitan, représentant le siège de Saint-Jean-d'Acre, d'après R. Ker Porter.

Très belle épreuve imprimée en couleurs, Fort rare.

CARMONTELLE (Louis Carrogis dit de)

215. Le Duc d'Orléans assis et son fils le Duc de Chartres debout, dans une salle de billard. Grand in-4°.

Très belle épreuve d'une pièce gravée, à l'eau-forte, par le maître en 1759.

CARESMES (D'après Jacques-Philippe)

216. L'Agréable surprise. — L'Agréable exemple.

Deux pièces, faisant pendants, gravées par Jubier.
Très belles épreuves imprimées en couleurs.

217. Le Réveil du carlin, gravé au pointillé par Carré.

Très belle épreuve imprimée en couleurs.

218. *Pan and Syrinx.* — *Jupiter and Antiope.*

Deux pièces, faisant pendants, publiées à Londres chez Vivares, en 1778.
Très belles épreuves, les fonds imprimés en couleurs.

219. Vénus au bain. — Vénus sortie du bain.

Deux petits médaillons ronds équarris, faisant pendants, gravés par Léveillé.
Très belles épreuves imprimées en couleurs.

CHALLE (D'après Michel-Ange)

220. Le Baiser donné, — Le Baiser refusé.

Deux pièces, faisant pendants, gravées par Bonnet.
Très belles et très fraîches épreuves imprimées en couleurs.

221. La Danse des vendangeurs, par Beisson?

Superbe épreuve, avant toutes lettres, imprimée en couleurs; marge du cuivre. Rare.

222. *The officious waiting woman*, par Chaponnier.

Très belle et rare épreuve avant la lettre et avant le nom du peintre.

223. Le Panier renversé, par E. Beisson.

Très belle et très rare épreuve, avant toutes lettres, imprimée en couleurs. Marge du cuivre.

224. Le Repos interrompu. — Le Souvenir agréable.

Deux pièces, faisant pendants, gravées par Vidal.
Superbes épreuves imprimées en couleurs.

225. La douce Julie. — La jeune Agathe. — La charmante Victoire. — La belle Émilie.

Suite de quatre charmants portraits de femmes, dans des cadres ornés, imprimés à Paris chez Chaillou.

Superbes épreuves imprimées en couleurs : elles sont de la plus grande fraîcheur et ont de grandes marges. Excessivement rares de cette qualité.

226. Le Billet rendu. — L'Amant pressant. — La Curieuse aperçue. — La Fille engageante.

Suite de quatre pièces de forme ronde.
Très belles épreuves tirées en carmin et n'ayant aucunes inscriptions autres que les titres.

CHARDIN (D'après Jean-Baptiste-Siméon)

227. Les Amusements de la vie privée, par L. Surugue. 1747 (E. Bocher, 1).

Très belle épreuve.

228. **L'Aveugle, par Surugue fils (4).**

Superbe épreuve, elle est très fraîche et a une très grande marge.

229. **Le Château de cartes, par Lépicié (11).**

Superbe épreuve ayant toute sa marge. Col^on du duc de Cambridge.

230. **Le Dessinateur, par J.-J. Flipart (14).**

Rare épreuve à l'état d'eau-forte.

231. **La même estampe.**

Superbe épreuve avant toutes lettres et avant l'encadrement.

232. **La même estampe.**

Très belle épreuve.

233. **La Gouvernante, par Lépicié, 1739 (24).**

Superbe épreuve, elle est de la plus grande fraîcheur et a sa marge entière non ébarbée. Col^on du Duc de Cambridge.

234. **Le Jeu de l'Oye, par P. L. Surugue, 1743 (27).**

Superbe épreuve, elle est de la plus grande fraîcheur et a sa marge entière. Col^on du duc de Cambridge.

235. **La Maîtresse d'école, par Lépicié, 1740 (34).**

Superbe épreuve du 1er état : avant les contre-tailles sur le haut du bonnet, avant que la date de 1740, à la suite du nom de Lépicié, ait été effacée et avant que l'adresse de Surugue ait été remplacée par celle de la Vve Chereau ; elle est de la plus grande fraîcheur et a sa marge entière non ébarbée. Col^on du duc de Cambridge.

236. **Le Négligé ou la Toilette du matin, par Le Bas, 1741 (38).**

Très belle épreuve. Marge.

237. L'Œconome, par J. Ph. Le Bas, 1754 (39).

Superbe épreuve, elle est de la plus grande fraîcheur et a sa marge entière non ébarbée. Col[on] du duc de Cambridge.

238. La Pourvoyeuse, par Lépicié (45).

Superbe et rare épreuve tirée avant que les trémas sur l'*i* de la : *Pourvoïeuse* et sur l'*u* du mot *rüe*, dans l'adresse, aient été effacés. Marge.

239. La Ratisseuse, par Lepicié, 1742 (46).

Superbe épreuve, elle est très fraiche et a sa marge entière non ébarbée. Col[on] du duc de Cambridge.

240. La Serinette, par L. Cars (47).

Très belle épreuve avec marge. Col[on] de M. de Goncourt.

241. Le Toton, par Lépicié, 1742 (50).

Superbe épreuve du 1er état : avant que la date de 1742, à la suite du nom de Lépicié, ait été effacée et que l'adresse de l'auteur ait été remplacée par celle de la Vve Chereau ; elle est de la plus grande fraîcheur et a sa marge entière non ébarbée. Col[on] du duc de Cambridge.

242. Les Tours de cartes, par P. L. Surugue, 1744 (51).

Superbe épreuve. Toute marge.

243. La Bonne mère, par J. M. Weis, 1744 (Appendice I).

Très belle épreuve ayant sa marge entière non ébarbée. Col[on] du duc de Cambridge.

CHATAIGNIER

244. Bonaparte, premier consul. In-f°.

Portrait équestre gravé d'après nature.
Très belle épreuve imprimée en couleurs.

CHAUVEAU (D'après)

245. L'honnête Fripon. — La Curieuse.

Deux pièces grivoises, faisant pendants, gravées par Patas. Très belles épreuves. Marges.

CHEREAU (Jacques)

246. Prie (A. *Berthelot de Pléneuf*, marquise de), ayant une perruche sur le doigt, d'après Vanloo. Petit in-f°.

Superbe et très fraîche épreuve ayant une très grande marge.

247. Sabran (Lse Che de *Foix Rabat*, marquise de), tenant une colombe sur un coussin, d'après Vanloo. Petit in-f°.

Superbe et très fraîche épreuve ayant une très grande marge.

CHEVAUX (D'après)

248. La Cuisinière Bourgeoise. — La Bourgeoise économe.

Deux pièces, faisant pendants, gravées par Girard.
Très belles épreuves imprimées en couleurs.

249. Les deux Sœurs. — Les deux Amies.

Deux pièces, faisant pendants, gravées par Motte.
Très belles épreuves imprimées en couleurs.

250. Le Dénicheur, par Motte.

Très belle epreuve imprimée en couleurs.

251. La Souricière. — La Savonneuse.

Deux pièces, faisant pendants, gravées par Motey.
Très belles épreuves imprimées en couleurs.

COCHIN fils (Charles-Nicolas)

252. Le Tailleur pour femmes.

Très belle épreuve à l'état d'eau-forte.

COCHIN fils (d'après Charles-Nicolas)

253. Concours pour le prix de l'étude des têtes et de l'expression, par Flipart (Portrait de Mlle Clairon).

Très belle et rare épreuve à l'état d'eau-forte.

COIFFURES (Pièces sur les)

254. *Can you forbear Laughing.*

Curieuse pièce satirique, gravée à la manière noire, publiée à Londres chez Sayer et Bennett.
Très belle épreuve.

CONDÉ (JOHN)

255. HILLISBERG (Mlle), dans le ballet du *Jaloux puni*, d'après Janvry. In-4°.

Superbe épreuve avant toutes lettres.

COQUERET

256. *Amor Lento. — Amor poetico.*

Deux pièces faisant pendants, gravées d'après les fresques de Raphaël.
Superbes épreuves imprimées en couleurs.

COSTUMES, CARICATURES SCÈNES DE MŒURS (Suites de)

257. ADAM (V.). Un an de la vie d'un jeune homme, histoire véritable en 17 chapitres écrits par lui-même (*Sazerac et Duval, etc.*), 1824, 1 album in-4° cart.

Suite de 17 pièces coloriées.

258. ANONYME. L'art de se délivrer de son fardeau. 14 scènes amusantes et piquantes (*Cologne et Paris*). 1 album petit in-4° cart.

14 petites scènes scatologiques coloriées et remontées.

259. AUBRY, CHAZAL, PIGAL et autres : Album comique de pathologie pittoresque : recueil de 20 caricatures médicales. *A Paris, chez Amb. Tardieu, 1823.* 1 album in-4° obl. cart.

Les épreuves sont très belles, mais le titre est remonté et en mauvais état.

260. Boilly (L.). Recueil de Grimaces (*Delpech*). 1 vol. in-4° dem. vel.

95 pièces, plus le titre et le portrait de Boilly.

On a joint à ce recueil 30 pièces : La première et la dernière dent, La bonne nouvelle, Le départ, Le retour, La vieillesse, Le singe mendiant, etc.

Ensemble 125 pièces coloriées.

261. Boissy. Histoire du Comte de Boursouflé, 6 pièces. — Histoire de Jocko, 4 pièces. 1 album in-4° cart.

Ensemble 10 pièces coloriées.

262. Bourdet. Les Bigarrures de l'esprit humain (*Lemercier*). 1 album in-4° obl. cart.

18 pièces coloriées.

263. Daumier (H.). ROBERT MACAIRE (*Aubert*). 1836-1838. 2 vol. in-4° demi-rel.

Suite de 100 pièces coloriées.

264. Daumier (H.). Les Gens de justice (*Aubert*). 1 vol. in-4° cart.

Suite de 38 pièces dont nous ne possédons que 33. Manquent le titre et les nos 1, 14, 15, 37 et 38.

265. Daumier (H.). Mœurs conjugales (*Aubert*). 1 vol. in-4° cart.

Suite de 60 pièces dont nous ne possédons que 48. Manquent le titre et les nos 22, 31, 32, 33, 37, 38, 40, 41, 46, 48, 54 et 59.

266. Daumier (H.). Monomanes, suite de 8 pièces. — Silhouettes, 3 pièces (*Aubert*). 1 album in-4° cart.

Ensemble 11 pièces.

267. Daumier (H.). Les représentants représentés (*Aubert*). 1 vol. in-4°.

13 pièces coloriées.

268. Daumier et Travies. Galerie Physionomique (*Aubert*). 1 vol. in-4° cart.

Suite de 30 pièces coloriées (25 Daumier et 5 Travies), dont nous ne possédons que 25. Manquent le titre et les nos 2, 4, 8, 9 et 10.

269. Debucourt. Costumes d'après C. Vernet. 1 album petit in-fol. cart.

Garde National à cheval. — Dragon et Lancier de la Garde Royale Française. — Tambour-major et Sapeur de la Garde Nationale Parisienne. — Officier et Grenadier de la Garde Royale Française. — Grenadier et Tambour de la Garde Nationale Parisienne. 5 pièces.

Très belles épreuves en couleurs.

270. Deveria (A.). Actrices des principaux théâtres de Paris (*Aumont*). 1 album in-4° cart.

Suite de 12 pièces en noir, plus le titre.

271. Deveria (A.). Flore des salons ou les fleurs et les femmes de tous les pays (*Fourmage*). 1 album in-4°.

Suite de 10 pièces en double exemplaire noir et couleurs, plus le titre.

272. Doré (G.). Croquis divers. 1 album in-4° cart.

24 pièces en noir.

273. Egerton (D. T.). *The necessary qualifications of a man of Fashion* (*T. Mac. Lean*), 1823. 1 album in-4 obl. demi-rel.

Suite de 12 pièces coloriées.

274. Gérard Fontallard. Bluettes (*Ducarme*). 1 vol. in-4° obl. cart.

Suite de 12 pièces coloriées à 6 sujets à la feuille, manque le titre.

275. Gavarni. Album des Gens du monde (*Pannier*), 1843. 1 vol. in-4° obl.

Les Transactions, 7 p. — Les traductions en langue bulgare, 5 p. — Rien n'est bien, 2 p. — Le Dimanche, 3 p. — Les Muses, 3 p. Ensemble 20 pièces.

276. Gavarni. Le même Album, moins le titre.

277. Gavarni. Le Carnaval à Paris (*Aubert*). 1 vol. in-4° cart.

Suite de 40 pièces en noir.

278. Gavarni. Clichy (*Aubert*). 1 vol. in-4° cart.

Suite de 21 pièces en noir, plus le titre.

279. Gavarni. Les Enfants terribles (*Aubert*). 1 vol. in-4° cart.

Suite de 49 pièces en couleurs. Manque le titre, les épreuves sont inégales.

280. Gavarni. Études d'enfants (*Gihaut et Tilt*), 1834-1840. 1 vol. in-4° cart.

Suite de 12 pièces en noir, plus le titre en double épreuve, noire et bleue.

281. Gavarni. Les Étudiants à Paris (*Aubert*). 1 vol. in-4° cart.

Suite de 60 pièces en noir.

282. Gavarni. Fourberies des Femmes, en matière de sentiment (*Aubert*). 1 vol. in-4°.

Première et deuxième séries. Ensemble 64 pièces coloriées.

283. Gavarni. Souvenirs de Carnaval (*Rittner et Goupil*), 1839. 1 album in-f° cart.

Suite de 6 pièces coloriées.

284. Gavarni (D'après). La Correctionnelle, recueil de petites causes célèbres (*Martinon*), 1839-1840. 1 vol. in-4° cart.

100 dessins lithographiés, d'après Gavarni, par Dollet et Dusommerard.

285. Gavarni (D'après). Travestissements de femmes. 1 vol. in-4° cart.

Suite de 20 pièces, coloriées, gravées par Gatine. Manque le titre.

286. Grandville. Chaque âge a ses plaisirs (*Gihaut*), 1827. 1 vol. in-4° obl. cart.

Suite de 10 pièces coloriées, plus le titre; la planche 2 est en partie remargée.

287. Grandville. Galerie mythologique (*Bulla*), 1829. 1 vol. in-f° obl. cart.

Suite de 6 pièces coloriées.

288. Grandville. Les métamorphoses du jour (*Bulla*), 1829. 1 vol. in-4° obl. demi-rel.

62 pièces coloriées se suivant sans interruption. (Manque la couverture) on a joint à cette suite 12 pièces par Levilly. Ensemble 74 pièces coloriées, quelques cassures.

289. Grandville. Les Métamorphoses du jour (*Aubert*). 1 vol. in-4° obl. cart.

Suite du 72 pièces en noir y compris le titre.

290. Grevedon. Le Miroir des Dames ou nouvel alphabet français. Collection gracieuse et variée de portraits lithographiés d'après nature (*Aumont et Tessari*). 1 vol. in-f° demi-rel.

Suite de 25 pièces en noir.

291. Havell & son. *Views of London* (*Colnaghi*), 1820, 1 album in-f° obl. demi-rel.

10 pièces en partie imprimées en couleurs et coloriées.

292. Lami (E.). Six Quartiers de Paris (*Delpech*). In-f° obl. cart.

Suite de 6 pièces coloriées, plus le titre.

293. Lami (E.). Souvenirs de Londres, 1826, *Lami-Denozan, Sazerne et Giroux* (Vilain), 1 album in-4°, obl.

Suite de 12 pièces coloriées in-4°, plus le titre.

294. Lami (E.). Tribulations des gens d'équipages (*Delpech*), 1827, 1 album in-f°, obl.

Suite de 6 pièces coloriées, plus le titre.

295. Lami (E.). La vie de château (*Villain*), 1 album petit in-f° oblong cart.

1re suite de 10 pièces coloriées, in-4°, 1828.

296. Lami (E.). Panorama du bois de Boulogne (*Delpech*), 1828. 1 album in-f° obl.

Suite de 12 pièces dont nous ne possédons que 10. Manquent le titre et les planches 11 et 12; quelques cassures.

297. Lami (E.). Cavalerie Française en 1834 (*Neuhaus et Osterwald*). 1 album in-f° cart.

19 pièces coloriées qui doivent être des réimpressions de l'édition de 1831.

298. E. Lami et Chasselat. Les différentes danses. 1 album in-4° obl.

12 pièces coloriées gravées par Lebas.

299. Lecomte (H.). Costumes de théâtre de 1670 à 1820, dédiés à Monsieur le Baron de la Ferté, intendant des Théâtres royaux (*Delpech*). 1 album in-4° demi rel.

65 pièces par H. Lecomte auxquelles on a joint 10 pièces par Boulanger. Ensemble 75 pièces coloriées, quelques cassures.

300. Lecomte (H.). Costumes de divers pays : Suisses, Italiens,

Russes, Hollandais, Midi de la France (*Engelmann et Delpech*), 1817, 2 vol. in-4° demi-rel.

90 pièces se suivant sans interruption, plus 5 pièces *bis* et 7 pièces d'après Mme Haudebourt Lescot.

Ensemble 102 pièces coloriées.

301. Léopold (P.). *Costumes in Switzerland, 1803.* 1 album in-4° cart.

19 pièces très finement coloriées sur trait.

302. Le Prince (X.). Inconvénients d'un voyage en diligence (*Engelmann*). 1 album in-4° obl. cart.

Suite de 12 pièces coloriées, plus le titre qui est collé sur la reliure.

303. M. S. Diorama anglais ou promenades pittoresques à Londres... *Paris, chez J. Didot l'aîné et Baudouin frères,* 1823, 1 vol. in-8° demi-rel.

24 pièces coloriées.

304. Madou (J. B.). 12 dessins lithographiques pour 1833 (*Ch. Motte*). 1 album in-4° obl.

Suite de 12 pièces coloriées.

305. Monnier (H.). Récréations du Cœur et de l'Esprit. 1826 (*Giraldon-Bovinet, Paris et Londres*). 1 album in-4° demi-rel.

30 pièces coloriées à plusieurs sujets sur la feuille.

306. Monnier (H.). Mœurs administratives (*Delpech*). 1 album in-f°.

18 pièces coloriées en hauteur et en largeur.

307. Monnier (H.). Esquisses Parisiennes (*Delpech*). 1827. 1 album in-4° obl. cart.

Suite de 10 pièces coloriées, in-4° en largeur, au crayon, plus un titre; on a joint à cette suite 2 pièces : *Une soirée à la mode* et *Des messieurs de bonne maison.*

Ensemble 12 pièces coloriées.

308. Monnier (H.). Impressions de voyage (*Aubert*). 1 album in-4° cart.

Suite de 6 pièces coloriées. Marges inégales.

309. Monnier (H.). Six Quartiers de Paris, 1828 (*Delpech*). in-4° obl. cart.

Suite de 6 pièces coloriées, à la plume, plus le titre.

310. Monnier (H.). Vues de Paris, 1829 (*Delpech*). 1 album in-4° cart.

Suite de 4 pièces coloriées, in-4°, à la plume. Manque le titre.

311. Monnier (H.). Boutades, 1830 (*Delpech*). 1 album in-f° obl. cart.

Suite de 5 pièces, à la plume, coloriées, plus un titre.

312. H. Monnier et E. Lami. Voyage à Londres. *Paris, Firmin-Didot et Lami-Denozan; — Londres, Colnaghi*, 1829-1830 (*Vilain*), in-f° cart.

4 feuilles de texte et 24 pièces coloriées. Manque le titre.

313. Monnier (H.). Vignettes pour les dernières chansons de Béranger. *Paris, chez Fabien*, 1873, in-8° cart.

Suite de 26 pièces coloriées, plus les portraits de Béranger et de H. Monnier.

314. Monnier. Scènes Italiennes (*Vilain*), 1828. 1 album in-f° obl. demi-rel.

Suite de 12 pièces coloriées.

315. Pigale (E. J.). Vie d'un gamin en 12 chapitres (*Gihaut*). 1 album in-4°, cart.

Suite de 12 pièces coloriées en largeur.

316. PORTES ET FENÊTRES. Réunion de pièces, à transformations, par Bouchot, Pigale et autres artistes, connues sous le nom de *Portes et Fenêtres*. 3 albums in-4° demi-rel.

97 planches coloriées.

317. *La Regenerazione dell Ollanda*. 1 album in-4° cart.

18 pièces satiriques coloriées.

318. Saint-Victor. Vues de Paris, 1816. 1 vol. in-4° obl, demi-rel.

214 pièces coloriées se suivant sans interruption. Manque le titre.

319. Sams (W.) excud. *Tour of Paris*, 1824. 1 album in-4° demi-rel.

Titre et 20 pièces coloriées accompagnées chacune d'une feuille de texte.

320. Scheffer (J.). Les Grisettes (*Villain*) vers 1824. 1 album in-4° demi-rel.

33 pièces se suivant sans interruption, moins le n° 23 qui manque, plus 2 pièces d'Aubry : *Les Peintres au XVIIIe et au XIXe siècles*.
Ensemble 34 pièces coloriées.

321. Scheffer (J. G.). Ce qu'on dit, ce qu'on pense. (*Gihaut*). 1 album rel. veau.

12 pièces coloriées se suivant sans interruption.

322. Travies, Robillard, etc. LES MAYEUX. (*Hautecœur — Martinet — Aubert — Fouronge*). 2 albums in-4° cart.

80 pièces coloriées.

323. Travies. Types divers (*Osterwald*). 1 album in-4° cart.

6 pièces coloriées.

324. Wattier (E.). Un an de la vie d'une jeune fille, roman

historique en XVII chapitres. (*Engelmann et Gihaut*) 1824. 1 album in-4° cart.

Suite de 17 pièces coloriées dans leur couverture de publication.

325. Will (J. M.). Recueil de coiffures. 1 album in-4° obl. cart.

18 pièces satiriques en noir.

COSWAY (D'après Richard)

326. D'Éon de Beaumont (la chevalière), gravé au pointillé par T. Chambars. In-8°.

Très belle et très fraîche épreuve imprimée en bistre. Marge.

327. Récamier (Madame), à mi-jambes, gravé au pointillé par A. Cardon. Petit in-f°, publié en 1804.

Très belle épreuve imprimée en couleurs.

328. Vernon (*Lady*) en pied, par Schiavonetti. In-4°.

Superbe et rare épreuve avant toutes lettres.

COURSES (Pièces sur les)

329. *Preparing to start. — Coming in.*

Deux grandes et belles pièces, faisant pendants, gravées par C. Turner, en 1802, d'après J.-L. Agasse.
Très belles épreuves en couleurs. Fort rares.

330. La Prise du Renard, pièce en forme d'éventail.

Très belle épreuve en couleurs.

COYPEL (D'après Charles)

331. Madame Deshoulières testant en faveur de son chat.

Très spirituelle petite eau-forte du comte de Caylus.
Très belle épreuve.

DAULLÉ (Jean)

332. Feuquières (Cath. *Mignard*, comtesse de), gravé d'après P. Mignard. In-f°.

Debout, en muse; elle s'appuie sur un cadre où se trouve le portrait de son père.
Très belle épreuve ayant toute sa marge.

333. Pélissier (Mlle) du Théâtre Français, d'après H. Drouais. In-f°.

Très belle épreuve avec la première adresse, celle de Drouais, laquelle, par la suite, fut changée deux fois.

DAVESNES (D'après)

334. Les Prunes, par un anonyme.

Épreuve à l'état d'eau-forte.

335. Les Prunes. — Les Cerises.

Deux pièces, faisant pendants, gravées par Vidal.
Superbes épreuves imprimées en couleurs. Sans marges.

DEBUCOURT (Louis-Philibert)

336. Les deux Baisers, d'après le tableau du maître exposé, au Salon de 1785, sous le titre : la Feinte caresse (M. Fenaille, 7).

Très belle épreuve imprimée en couleurs.

337. Le Menuet de la mariée. — La Noce au château (8 et 21).

Deux pièces, faisant pendants, publiées en 1786 et en 1789.
Magnifiques épreuves imprimées en couleurs, elles sont avant toutes lettres, seulement les inscriptions : *Peint et gravé par Debucourt, peintre du roi 1786* et *Debucourt 1789*, tracées en caractères, excessivement fins, sous les traits carrés à gauche. l'épreuve du Menuet de la mariée est avant les armes. Excessivement rares en cet état et de cette qualité

338. L'Oiseau ranimé, 1787 (9).

Très belle épreuve, imprimée en couleurs, de l'une des plus jolies pièces du maître; elle est d'une extrême rareté. Col[on] de Goncourt.

339. Promenade de la Galerie du Palais Royal, 1787 (11).

Très belle épreuve imprimée en couleurs.

340. Promenade au Jardin du Palais-Royal, 1787 (11).

Superbe épreuve imprimée en couleurs, elle est avant la retouche et par conséquent avec l'adresse d'Aumont, quoiqu'on ne puisse le constater, cette adresse ayant été grattée; marge du cuivre. Très rare de cette qualité.

Cette estampe conservée, par tradition, dans l'œuvre de Debucourt, a été bien certainement gravée par Lecœur d'après le dessin de Desrais qui faisait partie du cabinet de M. Destailleurs et qui est actuellement dans celui de M. Fenaille.

341. Heur et malheur ou la cruche cassée. — L'Escalade ou les adieux du matin (12 et 13).

Deux pièces, faisant pendants, publiées en 1787.
Très belles épreuves imprimées en couleurs.

342. Le Compliment ou la matinée du Jour de l'an. — Les Bouquets ou la fête de la grand'maman (15 et 16).

Deux pièces, faisant pendants, publiées en 1787 et en 1788.
Très belles épreuves imprimées en couleurs.

343. La Rose. — La Main (17 et 18).

Deux pièces, faisant pendants, publiées en 1788.
Très belles épreuves imprimées en couleurs, l'épreuve de la main est avec la signature à la pointe au-dessous du premier trait carré à gauche, elle est par conséquent avant l'adresse : toutes les deux sont remargées à partir du second trait carré. Excessivement rares.

344. Mgr le Duc d'Orléans. In-4° (20).

En buste, dans une bordure, ovale, reposant sur une tablette décorée d'une composition allégorique.

Superbe épreuve imprimée en couleurs, elle est tirée avant que la date de 1789, tracée à la pointe, à droite au-dessous du trait carré, ait été effacée. Rare.

345. Annette et Lubin, 1789 (22).

Superbe épreuve imprimée en couleurs, elle est avant la lettre, mais avec le fleuron et avec la date : 1789, tracée à la pointe au-dessous du trait carré, à gauche. Très rare.

346. La même estampe.

Très belle épreuve, imprimée en couleurs, tirée avant que la mention : *13 juin 1789*, tracée à la pointe au-dessous du trait carré, à droite, ait été effacée.

347. La Fayette (Monsieur le marquis de), commandant-général de la Garde Nationale Parisienne. In-f° (23).

En pied, près de son cheval que tient, par la bride, un nègre; dans le fond les régiments de la Garde Nationale qu'il va passer en revue.

Très belle épreuve imprimée en couleurs. Très rare.

348. La même estampe.

Très belle épreuve en noir, Remargée.

349. La Rose mal défendue. 1791 (27).

Superbe épreuve, imprimée en couleurs, avec le titre gravé au pointillé, et avant que la mention : *Dessiné et gravé par P. L. Debucourt, peintre et graveur,* ait été remplacée par l'adresse de Depeuille. Excessivement rare.

Cette estampe ainsi que la Croisée, qui se font pendants, paraissent être les premières planches d'un genre de gravure mixte imaginé par Debucourt, alliant le travail de l'eau-forte à celui de la roulette, sur fond d'aqua-tinte.

350. La même estampe.

Très belle épreuve. Grande marge.

351. La Croisée (28).

Très belle épreuve. Grande marge.

352. La Promenade publique (33).

Pièce capitale du maître publiée en 1792.

Superbe et rare épreuve, avant la lettre, imprimée en couleurs.

353. La même estampe.

Très belle épreuve, avec la lettre, imprimée en couleurs.

354. L'Oiseau privé (51).

Très belle et rare épreuve tirée avant que la mention : *Gravé au pinceau*, tracée sous le trait carré, à droite, ait été effacée : elle est très fraîche et a une grande marge.

355. Pauvre Annette (52).

Très belle épreuve. Grande marge.

356. Minet aux aguets (57).

Très belle épreuve en couleurs.

357. La même estampe.

Très belle épreuve.

358. Les Plaisirs paternels (63).

Très belle épreuve imprimée en couleurs.

359. La Coquette et ses filles. 1803 (149).

Très belle épreuve.

360. La Petite Barque ou l'heureuse union. — La Famille réunie ou l'agréable loisir (170 et 171).

Deux pièces, faisant pendants, publiées en messidor an XII.

La première pièce représente, selon la tradition, Isabey et sa famille se promenant, en bateau, sur le lac d'Enghien.

Très belles épreuves. Rares.

361. La Famille réunie ou l'agréable loisir. 1804 (171).

Très belle et rare épreuve imprimée en partie en couleurs. Marge.

362. Les Courses du matin ou la porte d'un riche, 1805 (173).

Superbe épreuve coloriée du temps.

363. Le Jour de l'an (201).

Grande planche, en largeur, publiée en 1807.
Très belle épreuve en couleurs. Très rare.

364. Le Printemps ou les Amants. — L'Hiver ou le Mari (203 et 204).

Deux pièces, faisant pendants, publiées en 1808.
Très belles épreuves.

365. Le Carnaval, 1810 (219).

Très belle et rare épreuve tirée avant que le ciel ait été gravé et avant qu'un mur et une maison aient été ajoutés, à gauche, dans la composition.

366. Le Coeffeur. — Le Tailleur (306 et 307).

Deux pièces, faisant pendants, publiées en 1812.
Superbes épreuves en couleurs; elles ont leurs marges entières non ébarbées et sont de la plus grande fraicheur.

367. La Marchande de poissons, d'après C. Vernet (380).

Très belle épreuve en couleurs.

368. Il n'y a pas de feu sans fumée, d'après C Vernet (382).

Très belle épreuve en couleurs.

369. Chacun son tour, d'après C. Vernet (390).

Superbe épreuve en couleurs.

370. Inutile précaution, d'après C. Vernet (390).

Superbe et très rare épreuve, avant toutes lettres, en couleurs.

371. Les Chevaux de bateau, d'après C. Vernet (412).

Très belle épreuve en couleurs.

372. Les Joueurs de boules, d'après C. Vernet (413).

Très belle épreuve en couleurs.

373. La Danse des chiens en désordre, d'après C. Vernet (415).

Très belle épreuve en couleurs.

DEMARTEAU (Gilles)

374. Le Petit Ménage, d'après Boucher (Leymarie, 58).

Très belle épreuve tirée à la sanguine. Marge.

375. La Jeune Cuisinière, d'après Boucher (72).

Très belle et très fraîche épreuve tirée à la sanguine.

376. L'Oiseau échappé, d'après Boucher (102).

Très belle épreuve tirée à la sanguine; elle est très fraîche et a toute sa marge.

377. Les Trois bacchantes, d'après Boucher (260).

Très belle épreuve tirée à la sanguine. Rare.

378. La Poupée, d'après Courtois (314).

Très belle épreuve tirée à la sanguine; marge. Rare.

379. Vénus sortant du bain, vue de dos. — Baigneuse (319 et 320).

Deux pièces, faisant pendants, gravées, d'après Boucher. Très belles épreuves tirées à la sanguine. Marges inégales.

380. Huet (Mme) lisant, d'après Huet (408).

Très belle épreuve tirée à deux tons, noir et sanguine.

381. Huet (Mme) jouant de la mandoline, d'après Huet (483).

Très belle épreuve tirée à deux tons, noir et sanguine.

382. Pastorale (487).

Gravé, à plusieurs crayons, d'après Boucher. Très belle épreuve.

383. L'Enfant et son Pigeon. — Amour et son chien (491 et 492.

Deux pièces gravées, à plusieurs crayons, d'après Huet.
Très belles épreuves.

384. Jeune Mère soutenant son enfant placé dans un petit chariot à roulettes (495).

Gravé, à plusieurs crayons, d'après Boucher.
Très belle épreuve.

385. Le Marchand de biscuits (496).

Gravé, à plusieurs crayons, d'après Boucher.
Très belle épreuve. Fort rare.

386. La Famille chinoise (497).

Gravé, à plusieurs crayons, d'après Boucher.
Très belle épreuve.

387. Fillette debout de profil à gauche, après laquelle saute un chien, d'après Huet (517).

Très belle épreuve tirée, à deux tons, sur papier teinté vert.

388. Le Petit Chariot (503).

Gravé, à plusieurs crayons, d'après Boucher.
Très belle épreuve. Fort rare.

389. Le Jeune Berger (514).

Gravé, à plusieurs crayons, d'après Boucher.
Superbe et fraîche épreuve.

390. Les Enfants physiciens. — Le Chat chéri (544 et 545).

Deux pièces, faisant pendants, gravées, à plusieurs crayons, d'après Boucher.
Très belles épreuves.

391. Nymphe étendue sur le ventre, tournée à droite au bord d'un ruisseau, elle est appuyée sur une urne d'où sort un flot. — Femme nue, assise, jouant du cha-

lumeau devant un berger qui joue de la flûte (550 et 551).

Deux pièces, faisant pendants, gravées à plusieurs crayons d'après Boucher.
Très belles épreuves. Remargées.

392. Femme nue étendue à gauche sur une draperie, elle est accoudée et regarde de trois quarts à droite (552).

Gravé, à plusieurs crayons, d'après Boucher.
Très belle épreuve.

393. Enfant tenant un pigeon en laisse. — Études d'enfants dont un qui dort (561 et 562).

Deux pièces, faisant pendants, gravées à plusieurs crayons d'après Huet et Boucher.
Très belles épreuves.

394. Femme et son enfant. — Jeune fille donnant à manger à des poules (566 et 567).

Deux pièces, faisant pendants, gravées à plusieurs crayons d'après Boucher.
Superbes épreuves. Rares.

395. La Bergère et les Amours, d'après Huet (606).

Très belle épreuve imprimée en couleurs.

396. Pastorales (616 et 617).

Deux charmantes pièces, faisant pendants, gravées d'après Huet.
Superbes et très fraîches épreuves imprimées en couleurs. Très rares de cette qualité.

397. Jeune femme tenant un agneau dans ses bras. — La Chasse aux papillons (643 et 644).

Deux très jolies pièces, faisant pendants, gravées d'après Huet.
Superbes épreuves imprimées en couleurs; elles sont très fraîches et ont de grandes marges. Excessivement rares de cette qualité.

398. **Jeune fille tenant une corbeille de fleurs sur sa tête, d'après Boucher.**

Très belle épreuve tirée à la sanguine : elle est très fraîche et a une très grande marge.

399. Jupiter et Danaé. — Hercule et Omphale.

Deux pièces, faisant pendants, gravées à plusieurs crayons d'après Huet.

Superbes épreuves avant toutes lettres. Très rares.

400. Marie-Antoinette, Dauphine de France, 1770.

Buste, en camée, dans un médaillon in-4°.

Très belle épreuve tirée à la sanguine. Marge.

DEPEUILLE (A Paris. chez)

401. L'Héroïne du Jardin Égalité.

Très belle épreuve d'une pièce, fort rare, gravée à la manière du lavis, qui nous paraît être la satire de l'une des célébrités galantes de l'époque.

DESCOURTIS (Charles-Melchior)

402. F. S. Wilhelmine de Prusse, Princesse d'Orange et de Nassau, d'après Hentzi. In-f°.

Magnifique épreuve avant toutes lettres, elle est imprimée en couleurs, mi-partie sur papier, mi-partie sur une bande de satin de 0,10 de largeur, placée au milieu de la planche et dont les extrémités, en dehors de la partie imprimée, ne sont pas adhérentes au papier.

Cette épreuve, que l'on peut considérer comme un essai du graveur sur les différences d'impression sur papier et sur satin, est, en cet état, la seule connue jusqu'à ce jour : elle est très fraîche et a toute sa marge.

403. F. L. Wilhelmine de Prusse, Princesse Heredit. d'Orange et de Nassau. Hentzi direx. Tozelli delin. In-f°.

Très belle épreuve imprimée en couleurs : elle est très fraîche et a la marge du cuivre.

DESPLACES (Louis)

404. Duclos (Marie-Anne de *Chateauneuf*, Mlle), actrice de la Comédie-Française, dans le rôle d'Ariane, d'après N. de Largillière. In-fo.

Très belle épreuve.

DESRAIS (D'après Claude-Louis)

405. Le Mari complaisant. — Le Mari galant.

Deux pièces, faisant pendants, gravées par Mixelle.
Très belles épreuves imprimées en couleurs.

405 *bis*. L'indisposition d'une jolie femme (Mme Tallien) à l'issue d'un bal.

Très belle épreuve d'une pièce gravée à la manière du lavis.

DIKINSON (William)

406. Napoléon Bonaparte, en pied dans son cabinet, gravé à la manière noire, d'après A.-J. Gros. Grand in-fo.

Très belle épreuve imprimée en couleurs. Marge.

DOSSIER (M.)

407. Noyret de la Ravoye (Anne *Varice Vallière*, Mme), en Pomone, d'après H. Rigaud. In-fo.

Très belle épreuve.

DOUBLET (D'après)

408. Ariette de Rosette et Colas, acte V. — Quatuor de Lucile, acte I.

Deux pièces, faisant pendants, gravées par N. Boillet.
Très belles épreuves imprimées en bistre.

DOWMANN (D'après JOHN)

409. BILLINGTON (*Élisabeth*), pièce ovale, in-4°, gravée à la manière noire par R. Dunkarton.

Très belle épreuve avec les noms des artistes tracés à la pointe.

DROUAIS (D'après FRANÇOIS-HUBERT)

410. BARRÉ (*sic*) (Mme de), en buste; gravé à la manière noire, par T. Watson, 1771. In-f°.

Représentée en costume de chasse, dans une bordure ovale. Superbe épreuve, elle est très fraîche et a une petite marge.

DUGOURE (D'après FRANÇOIS)

411. Le Lever de la mariée, par Triere.

Très belle épreuve dans un état d'eau-forte assez avancé; les marges sont couvertes d'essais de burin.

DUPLESSI-BERTAUX (JEAN)

412. Le Charlatan François. — Le Charlatan allemand.

Deux pièces, faisant pendants, gravées par Helman. Très belles épreuves avant les dédicaces.

DUTAILLY (D'après)

413. Le Colin-Maillard.

Petite pièce, de forme ovale en largeur, gravée par Guyot. Très belle épreuve imprimée en couleurs. Toute marge.

EARLOM (RICHARD)

414. *A flower piece. — A fruit piece.*

Deux pièces, faisant pendants, gravées à la manière noire d'après Van Huysum.
Très belles épreuves.

415. **Rembrandt**, à mi-corps, gravé à la manière noire d'après lui-même. In-f°.

Il est vu de face et coiffé d'un bonnet.

Superbe épreuve avant la lettre, elle est très fraîche et a une grande marge couverte d'essais d'aqua-tinte. Rare.

ÉCOLE ANGLAISE

416. John Smith, dit *Bukhorse*: gravé à la manière noire par un anonyme. In-f°.

Célèbre boxeur anglais du milieu du XVIIIe siècle; des auteurs contemporains le citent comme l'homme le plus laid de son époque.

Superbe épreuve avant toutes lettres. Très rare.

EISEN fils (D'après Charles)

417. L'Amour Européen, par Ravenet.

Très belle épreuve avant toutes lettres et avant que le nom de : *Ravenet filius sculpsit* tracé, à droite, en caractères très fins, ait été remplacé par celui de *Basan;* elle est aussi avant quelques travaux. Excessivement rare.

418. Les Appas multipliés.

Petite pièce gravée à la manière du lavis.

Très belle épreuve avant toutes lettres, seulement le nom d'*Eisen del.* tracé à la pointe, sous le trait carré, à gauche.

419. Les Heures du Jour.

Suite de quatre pièces gravées par De Longueil.

Très belles épreuves.

420. Le Tendre Entretien.

Dans un riche intérieur, une Jeune Dame, en élégante toilette, se penche vers un jeune homme qui lui presse les mains.

Superbe épreuve avant toutes lettres. Très rare.

FORES (A Londres, chez S.-W.)

421. *The famous Battle between Richard Humphrey and Daniel*

Mendozza, tought at Odiham in Hampshire, January 9th 1788.

Très belle épreuve en couleurs.

FRAGONARD (Jean-Honoré)

422. L'Armoire (De Beaudicour, 2).

Pièce capitale du maître, gravée à l'eau-forte en 1778.
Très belle épreuve.

423. Bacchanales (9).

Suite de quatre pièces gravées à l'eau-forte.
Très belles épreuves. Marges.

FRAGONARD (D'après Jean-Honoré)

424. Le Baiser à la dérobée, par N. F. Regnault.

Très belle et rare épreuve, en couleurs, avant toutes lettres, seulement le nom de *H. F. Regnault*, tracé à la pointe en grands caractères, sous le trait carré, à droite.

425. La Bonne Mère, par N. de Launay.

Très rare épreuve à l'état d'eau-forte; elle est très fraiche et a une grande marge.

426. La même estampe.

Très belle épreuve avant la dédicace.

427. La Coquette fixée, gravé à l'eau-forte par Couché et terminé par Dambrun.

Très belle épreuve avant les inscriptions sur la tablette.

428. La Fuite à dessein, par Macret et Couché.

Superbe épreuve avant la dédicace.

429. La Gimblette, par Bertony.

Très belle épreuve avant toutes lettres et avant la draperie.

430. Les Hasards heureux de l'Escarpolette, par N. de Launay.

Très belle et très rare épreuve à l'état d'eau-forte.

431. Ma Chemise brûle, par A. Legrand.

Très belle et très rare épreuve avant toutes lettres.

432. La même estampe.

Superbe épreuve en couleurs; elle est très fraiche et a sa marge entière non ébarbée. Très rare de cette qualité.

433. Le Verrou, par Mixelle?

Très belle épreuve imprimée en couleurs,

FREISLHIEN (Par et d'après P.)

434. Estaing (Ch.-H., comte d'), vice-amiral de France. In-f°.

Superbe épreuve imprimée en couleurs: elle est très fraiche et a une grande marge.

FREUDEBERG (D'après Sigismond)

435. Le Petit jour, par N. de Launay.

Superbe épreuve avec la tablette blanche, le titre et le nom des artistes, sans aucunes autres lettres; elle est de la plus grande fraicheur. Excessivement rare de cette qualité.

436. L'Événement au bal, par Duclos et Ingouf.

Très rare épreuve à l'état d'eau-forte. Marge du cuivre.

437. Le bain, par Romanet.

Superbe et très rare épreuve avant toutes lettres, seulement les noms des artistes tracés à la pointe. Très grande marge.

438. Le Tentateur.

Dans un riche et élégant intérieur, un jeune élégant en déshabillé, assis près d'un bureau, caresse d'une main le menton d'une jeune femme, marchande ou soubrette, debout près de lui et de l'autre lui montre un sac d'écus; un ami, entrant à l'improviste, s'arrête surpris en voyant cette scène.

Épreuve à l'état d'eau-forte d'une pièce de la plus grande rareté, sinon unique, qui n'a jamais été terminée et qui, par son encadrement, ses dimensions et sa disposition générale, sensiblement les mêmes que ceux de la pièce intitulée : *les Mœurs du Temps*, nous parait avoir été destinée à lui faire pendant.

GAINSBOROUGH (D'après Thomas)

439. Elliot (Mrs) en pied, gravé à la manière noire par J. Dean, 1779. In-f°.

Très belle et rare épreuve imprimée en couleurs. Sans marge.

440. *His Royal Highness* Georges. *Prince of Wales,* en pied, gravé à la manière noire par J.-R. Smith. Grand in-f°.

Très belle épreuve. Marge.

GARNERAY (D'après François-Jean)

441. Le Roman. — Le Matin.

Deux pièces, faisant pendants, gravées par Mixelle.

Superbes et très fraîches épreuves imprimées en couleurs. Rares.

442. La Jarretière, par Michaut et Legrand.

Très belle épreuve avant toutes lettres, seulement les noms des artistes tracés à la pointe.

GÉRARD (D'après Mlle Marguerite)

443. Le Triomphe de Minette, par Vidal.

Superbe épreuve, en couleurs, avant la dédicace: elle est très fraîche et a une très grande marge.

444. Les Prétendants. — L'Embarras du choix.

Deux lithographies faisant pendants.

Très belles épreuves très soigneusement coloriées.

GERMAIN (Pierre-François)

445. Journée du 25 juin 1791 : Le Roi arrivant de Varennes à Paris.

Très belle épreuve d'une très intéressante pièce gravée à la manière du lavis. Grande marg

GOYA (Francisco)

446. Les Caprices. *Madrid 1793-1802*. 1 vol. in-4° cart.

Suite de 80 planches.

Très bel exemplaire du deuxième tirage, une cassure à la planche 69.

447. La Tauromachie. *Madrid 1815*. 1 album in-f° obl. demi-rel.

Suite de 33 planches gravées à l'eau-forte relevée d'aquatinte.

Très belles épreuves.

GOZ (J.-B.)

448. François Ier, Empereur d'Allemagne. — Joseph-Bénédict. — Charles-Joseph. — Pierre-Léopold, archiducs d'Autriche, enfants.

Quatre portraits in-8°, en pied et en buste, dans des motifs rocailles.

Belles épreuves imprimées en couleurs.

GRAVELOT (Hubert-François)

449. Divers croquis, à l'eau-forte, sur une même planche.

Superbe épreuve. Fort rare.

GREEN (Valentine)

450. Wright (La famille), gravé à la manière noire, d'après J. Wright. In f°.

Superbe et rare épreuve avant la lettre, la marge inférieure non nettoyée.

GREUZE (D'après Jean-Baptiste)

451. La Philosophie endormie, gravé à l'eau-forte par Moreau le jeune et terminé au burin par Aliamet.

Portrait de Mme Greuze, assise et dormant.

Superbe épreuve avant toutes lettres dans un état d'eau-forte avancé; dans cet état, le corsage est complètement boutonné jusqu'au menton, tandis que, dans les épreuves terminées, il est entr'ouvert et laisse apercevoir la chemise. Très rare.

452. La Laitière, par Levasseur.

Superbe épreuve avant toutes lettres; grande marge. Très rare de cette qualité.

452 *bis*. L'Oiseau mort, par J.-J. Flipart.

Très belle épreuve: elle est très fraîche et a une très grande marge.

453. La Savonneuse, par Danzel.

Superbe épreuve avant toutes lettres; signée par le graveur.

454. La Voluptueuse, par A. de Saint-Aubin.

Épreuve à l'état d'eau-forte.

GRATELOUP (JEAN-BAPTISTE DE)

455. Son œuvre, composé de 9 pièces, plus 3 pièces doubles en états différents.

Ensemble 12 pièces :

BOSSUET, EN PIED, (Faucheux, 1) 1er, 2e et 6e états. (Faucheux ne décrit que trois états de cette estampe, mais il en existe réellement six.);
BOSSUET, EN BUSTE (2), 2e état;
DESCARTES (3), 2e état;
DRYDEN (4), 1er état;
FÉNELON (5), 1er état;
A. LECOUVREUR (6), 1er état;
MONTESQUIEU (7), 1er état;
M. DE POLIGNAC (8), 3e et 4e états;
J.-B. ROUSSEAU (9), seul état connu.

Les épreuves sont très belles et très fraîches, ont toutes leurs marges et sont presque toutes sur chine doublé.

GUYOT (LAURENT)

456. Les Éléments.

Quatre petits médaillons ronds et un ovale, pour décoration de boutons, sur une même feuille.

Très belle et très fraîche épreuve imprimée en couleurs.

457. Les Heures du jour.

Cinq petits médaillons, pour décorations de boutons, sur une même feuille.

Très belle épreuve imprimée en couleurs.

HOPNER (D'après John)

458. Oxford (*Countess of*), gravé à la manière noire par S.-W. Reynolds, 1799. In-f°.

Superbe épreuve : elle est très fraîche et a une très grande marge. Rare de cette qualité.

459. Roubigné (*Julia de*), gravé à la manière noire par J^n Dean, 1786. In-f°.

Très belle et très rare épreuve imprimée en couleurs. Marge.

460. *Sailad Girl*, gravé à la manière noire par W. Ward.

Superbe épreuve imprimée en couleurs. Excessivement rare de cette qualité.

HOPNER et BEECHY (D'après)

461. *The Show. — The Gipsy fortune Teller.*

Deux grandes et belles pièces, faisant pendants, gravées à la manière noire, par J. Young, 1790.

Très belles épreuves en couleurs, les titres en lettres ouvertes.

HUET (D'après Jean-Baptiste)

462. Huet (J.-B.). In-f°.

Il est représenté dessinant dans un encadrement, ovale, orné au bas des attributs de la Peinture. Jolie pièce gravée à la manière du lavis.

Très belle épreuve, sans aucune lettres, imprimée en bistre.

463. L'Accord maternel. — Les Soins maternels,

Deux pièces, faisant pendants, gravées par Bonnet.

Très belles et très fraîches épreuves imprimées en couleurs. Grandes marges.

464. **L'Amant couronné, par A. Patron.**

Très belle épreuve imprimée en couleurs.

465. **L'Amant pressant.**

Dans un élégant appartement, un jeune officier, assis sur un canapé, embrasse une jeune femme qu'il tient sur ses genoux. Signé à droite. *H. 1779.*

Trait gravé très finement colorié. Excessivement rare.

466. **Les Appas multipliés.**

Petite pièce, de forme ovale en largeur, gravée par Bonnet.

Superbe épreuve, avant toutes lettres et avant la retouche, imprimée en couleurs.

467. **Le Beau Miroir, par Bonnet.**

Très belle épreuve, avant la retouche, imprimée en couleurs.

468. **La Belle Cachette, par Bonnet.**

Superbe épreuve, avant la retouche, imprimée en couleurs; elle est de la plus grande fraicheur et a une très grande marge. Très rare de cette qualité.

469. **La Bergerie, gravé en imitation de dessin, par Bonnet.**

Très belle épreuve.

470. **La Cage ouverte. — Le Chat au guet.**

Deux pièces, faisant pendants, gravées par Bonnet.

Superbes et très fraiches épreuves imprimées en couleurs. Très rares de cette qualité.

471. **Le Colin-maillard.**

Superbe épreuve imprimée en couleurs.

472. **Le Feu. — La Terre.**

Deux médaillons ovales, en largeur, gravés par Bonnet.

Très belles épreuves imprimées en couleurs.

473. **L'Éventail cassé, par Bonnet.**

Superbe et rare épreuve, avant toutes lettres, imprimée en couleurs.

474. **Le Flambeau de l'Amour.**

Très belle et très fraîche épreuve, avant la retouche, imprimée en couleurs. Toute marge.

475. **L'Heureux Chat, par Mote?**

Très belle épreuve, avant toutes lettres et avant la retouche, imprimée en couleurs.

476. **L'Instant désiré.**

Très belle épreuve d'une jolie pièce légèrement coloriée sur trait.

477. **La Pudeur alarmée, par Mixelle.**

Superbe épreuve, avant toutes lettres, imprimée en couleurs.

478. **Les Petits gourmands. — Les Boules de savon. — Départ pour le siège de la Bastille. — La Bastille délivrée ou la petite victoire. — Le Drapeau national. — Le Petit château de cartes. — La Petite attaque ou la petite Bastille. — Le Jeu de Tapi. — Le Tambour national.**

Neuf pièces, de la suite des Jeux d'enfants, gravées par Bonnet.

Très belles épreuves imprimées en couleurs : elles sont très fraîches et ont toutes, moins les deux premières pièces, de grandes marges.

479. **Le Petit Fermier. — La Petite Fermière.**

Deux pièces, faisant pendants, gravées par Bonnet.

Superbes et très fraîches épreuves imprimées en couleurs.

480. **La Promesse de fidélité, par Bonnet.**

Très belle épreuve imprimée en couleurs.

481. **La Toilette. — Nécessité n'a pas de loi.**

Deux jolies petites pièces, de forme ronde, faisant pendants.

Superbes épreuves, avant toutes lettres, imprimées en couleurs : elles sont très fraîches et ont de très grandes marges. Très rares.

482. L'Amour prie Vénus, par Bonnet.

Superbe épreuve imprimée en couleurs; elle est très fraiche et a une très grande marge. Rare de cette qualité.

483. L'Amour fait l'offrande de son cœur à Vénus, par Bonnet.

Très belle épreuve imprimée en couleurs. Marge.

484. Jupiter métamorphosé en Diane, par Bonnet.

Très belle et très fraiche épreuve imprimée en couleurs.

485. Nymphes au bain.

Deux pièces faisant pendants.
Magnifiques épreuves, avant toutes lettres et avant les retouches, imprimées en couleurs. Très rares.

486. Le Triomphe de Galathée, par Bonnet.

Très belle épreuve imprimée en couleurs, marge entière non ébarbée.

487. Vénus et les Amours.

Petite pièce, de forme ovale, gravée par Bonnet.
Superbe et rare épreuve, avant toutes lettres et avant la draperie, imprimée en couleurs.

ISABEY (D'après Jean-Baptiste)

488. Marie-Louise, archiduchesse d'Autriche, impératrice, reine et régente. In-4°.

Charmant médaillon, ovale, gravé au pointillé par Monsaldy.
Superbe épreuve, imprimée en couleurs, portant le cachet d'Isabey, elle a sa marge entière non ébarbée et est de la plus grande fraicheur.

JANINET (François)

489. Marie-Antoinette d'Autriche, reine de France et de Navarre, 1777. In-f° ovale.

Superbe épreuve imprimée en couleurs: elle est de la plus

grande fraîcheur et à la marge du cuivre. Excessivement rare de cette qualité.

490. Estrées (Gabrielle d'), duchesse de Beaufort, d'après F. Porbus. In-f°.

Médaillon ovale.

Superbe épreuve imprimée en couleurs. Marge du cuivre.

491. Henri IV, de profil à gauche. In-4°.

Médaillon ovale.

Superbe épreuve, avant toutes lettres, imprimée en coucouleurs.

492. Mademoiselle Du Th... (Duthé), d'après Lemoine. In-4°.

Représentée assise devant sa table de toilette dont le miroir la reflète de profil; elle tient des roses d'une main, une lettre de l'autre.

Très belle épreuve, avant l'encadrement, imprimée en couleurs. Excessivement rare.

493. Nina, d'après Hoin.

Portrait de Mme Dugazon dans le rôle de Nina ou la Folle par amour, opéra-comique de Dalayrac.

Superbe et rare épreuve, avant toutes lettres, imprimée en couleurs, seulement le nom de *F. Janinet sc.* tracé sous le trait carré, à droite.

494. L'Agréable négligé. — L'Aimable Paysanne. — La Compagne de Pomone. — La Réunion des plaisirs.

Suite de quatre pièces faisant pendants; elles sont gravées, les deux premières d'après Baudouin et Saint-Quentin, les deux dernières d'après Le Clerc.

Superbes et très fraîches épreuves imprimées en couleurs. Très rares à trouver réunies et de cette qualité.

495. Le Baiser de l'amitié, d'après Fragonard.

Superbe et très fraîche épreuve, avant toutes lettres, imprimée en couleurs.

496. Les Comédiens comiques. — Les Rendé-vous comiques.

Deux pièces, faisant pendants, gravées d'après Ant. Watteau.

Très belles épreuves imprimées en couleurs; elles sont très fraîches et ont de grandes marges. Très rares de cette qualité.

497. La Folie, d'après Fragonard.

Superbe épreuve imprimée en couleurs, elle est de la plus grande fraîcheur et a sa marge entière non ébarbée.

498. Modèles de coiffures.

Cinq médaillons ovales, dont un tout petit, réunis sur la même feuille.

Superbe épreuve en couleurs; elle est couverte d'essais de burin, est très fraîche et a une petite marge. Très rare.

499. L'Oiseau privé, d'après Boilly.

Superbe épreuve, avant toutes lettres, imprimée en couleurs; elle est de la plus grande fraîcheur et a sa marge entière non ébarbée.

Cette estampe étant toujours sans les noms des artistes, aussi bien dans les épreuves avec la lettre que dans les épreuves avant la lettre, on a jusqu'ici attribué, par erreur, à Lagrenée le tableau d'après lequel elle a été gravée; le tableau est bien de Boilly, il faisait partie de la collection de sir Richard Wallace.

500. Projet de monument à ériger pour le Roi, d'après de Varennes; dessiné par Moreau le jeune, 1790.

Magnifique épreuve, avant la lettre, imprimée en couleurs; elle est de la plus grande fraîcheur, a la marge du cuivre et porte, au verso, les signatures de De Varennes et de Janinet.

501. La Barque rustique. — La Tabagie hollandaise. — Le Nouvelliste. — La Chaumière flamande.

Suite de quatre pièces d'après A. Van Ostade.

Superbes épreuves imprimées en couleurs; elles sont très fraîches et ont de grandes marges.

502. Foire hollandaise, d'après A. Van Ostade.

Très belle épreuve imprimée en couleurs.

503. Bacchanale.

Très belle épreuve, avant toutes lettres, imprimée en couleurs. Excessivement rare.

504. La Bacchante enyvrée. — Le Satyre amoureux.

Deux pièces, faisant pendants, gravées d'après Caresmes. Très belles épreuves imprimées en couleurs.

505. Le Culte systématique. — Bacchus préside à la fête.

Deux pièces, faisant pendants, gravées d'après Caresmes. Superbes et très fraîches épreuves imprimées en couleurs. Grandes marges.

506. L'Invocation à l'Amour, d'après Lagrenée.

Magnifique épreuve, avant toutes lettres, imprimée en couleurs, elle est de la plus grande fraîcheur et a une très grande marge. Très rare de cette qualité.

507. Le Sommeil d'Ariane, d'après Charlier.

Très belle épreuve imprimée en couleurs.

508. Vénus en réflexion, d'après Charlier.

Superbe épreuve, avant toutes lettres, imprimée en couleurs.

JOLLAIN (D'après François)

509. La Toilette, par Bonnet.

Très belle et très fraîche épreuve, avant la retouche, imprimée en couleurs. Marge du cuivre.

JONES (John)

510. Edwards (Mrs), en buste, tenant une lettre à la main, gravé à la manière noire d'après Lawrançon, 1780. In-f°.

Très belle épreuve.

LAFITTE (D'après)

511. Clémence de Sa Majesté l'empereur et roi, gravé par Allais à la manière du lavis.

Mme de Hatzfeld suppliant, à Berlin, l'Empereur en faveur de son mari.

Très belle épreuve d'une pièce, fort rare, attribuée quelquefois à Debucourt.

LA LIVE DE JULLY (Ange-Laurent de)

512. Létine (Mme), belle-mère de M. de La Live, d'après Bernard. In-f°.

Très belle épreuve, rognée de chaque côté, de l'un des plus charmants portraits du xviiie siècle, il a été bien certainement gravé par A. de Saint-Aubin, quoiqu'il soit signé de M. de La Live, son élève.

LAMPI (D'après le Ch[er])

513. Catherine II, impératrice de Russie, gravé à la manière noire par Sixdeniers. Grand in-f°.

Représentée en pied, en grand costume de cour.
Très belle épreuve.

LASINIO (Carlo de)

514. « Dagoty (Edouard), inventeur de la gravure en couleurs (*sic*) né à Paris l'an 1745, mort à Floréce (*sic*) le 8 mai 1783 ». Grand in-f°.

Superbe épreuve imprimée en couleurs ; elle est très fraiche mais n'a qu'un filet de marge sur les côtés. Excessivement rare de cette qualité.

LAWRENCE (D'après Sir Thomas)

515. Georgiana (*Elisabeth*), *Duchess of Newcastle*, en pied, gravé à la manière noire par S. W. Reynolds. Grand in-f°.

Très belle épreuve. Grande marge.

LAWREINCE (D'après Nicolas)

516. L'Accident imprévu. — La Sentinelle en défaut (Emmanuel Bocher, 1 et 58).

Deux pièces, faisant pendants, gravées par Darcis.
Très belles épreuves imprimées en couleurs, elles sont avec

la première adresse, celle de Tresca et la première pièce est avant la lettre *s* ajoutée au mot : *mauvaise*.

516 *bis*. Ah ! laisse-moi donc voir, par Janinet (2).

Magnifique épreuve, avant toutes lettres, imprimée en couleurs ; elle est de la plus grande fraîcheur et a sa marge entière non ébarbée. Très rare de cette qualité.

517. Ah ! quel doux plaisir. — Je touche au bonheur (3 et 34).

Deux petites pièces, faisant pendants, gravées par Copia.
Très belles épreuves tirées en bistre, les figures légèrement en couleurs. Fort rares.

518. L'Assemblée au concert. — L'Assemblée au Salon (5 et 6).

Deux pièces, faisant pendants, gravées par Dequevauviller.
Superbes épreuves avant les dédicaces.

519. Le Printemps. — L'Été. — L'Automne (7, 24 et 49).

Trois médaillons ronds gravés par Vidal.
Très belles épreuves imprimées en couleurs. Rares.

520. L'Aveu difficile, par Janinet (8).

Superbe épreuve, imprimée en couleurs, avant toutes lettres et avant que le troisième pied du fauteuil ait été indiqué ; elle a la marge du cuivre. Rare.

521. L'Aveu difficile. — La Comparaison (8 et 12).

Deux pièces, faisant pendants, gravées par Chapuy en réduction des estampes de Janinet. La première pièce est dans le sens de l'original, et avec beaucoup de changements dans la composition, la seconde est sans changements, mais en contre-partie.
Très belles épreuves imprimées en couleurs. Rares.

522. La Balançoire mystérieuse. — Les Nymphes scrupuleuses (9 et 42).

Deux pièces, faisant pendants, gravées par Vidal.
Superbes épreuves avant toutes lettres : la première pièce est avec le nom de Vidal tracé à la pointe et avant le flot : elles

sont très fraîches et ont de très grandes marges. Fort rares de cette qualité.

523. Le Billet doux, par N. de Launay (10).

Très belle épreuve avant la lettre, seulement les noms des artistes gravés au burin et le titre : *Le Billet doux* tracé, en petites capitales grises, au-dessus des armes.

524. Les trois Sœurs au parc de Saint-Cloud. — Les Grâces parisiennes au bois de Vincennes (11 et 50).

Deux pièces, faisant pendants, gravées par Chapuy.
Très belles épreuves imprimées en couleurs. Très rares.

525. Les mêmes estampes.

Très belles épreuves imprimées en couleurs. Sans marges.

526. La Comparaison, par Janinet (12).

Très belle épreuve imprimée en couleurs.

527. Le Concert agréable, par C. M. Varin (13).

Superbe épreuve avant toutes lettres, seulement les noms des artistes tracés à la pointe.

528. Le Contre-temps, par Dequevauviller (15).

Très rare épreuve à l'état d'eau-forte. Marge.

529. Le Coucher des ouvrières en modes, par F. Dequevauviller (16).

Très belle et rare épreuve avec le titre, les noms des artistes et le privilège du roi, sans aucunes autres lettres.

530. Le Déjeuner anglais. — La Leçon interrompue (17 et 35).

Deux pièces, faisant pendants, gravées par Vidal.
Superbes épreuves; la première pièce est imprimée en couleurs, la seconde est coloriée (cette seconde pièce n'a jamais été imprimée en couleurs); elles sont, toutes les deux, de la plus grande fraîcheur et ont leurs marges entières non ébarbées. Excessivement rares de cette qualité.

531. **Le Déjeuné en tête à tête. — L'Ouvrière en dentelle (18 et 45).**

Deux pièces, anonymes, faisant pendants.
Superbes épreuves imprimées en couleurs. De la plus grande rareté de cette qualité.

532. **École de Danse, par Dequevauviller (22).**

Très belle épreuve tirée avant que l'adresse de Dequevauviller ait été remplacée par celle de Bance.

533. **L'Heureux moment, par N. de Launay (28).**

Superbe épreuve avec la tablette en blanc, le titre, les noms des artistes et les trois initiales de Lempereur entrelacées dans un cartouche tenant lieu des armoiries, sans aucunes autres lettres : elle est de la plus grande fraîcheur et a toute sa marge. Excessivement rare de cette qualité.

534. **L'Indiscrétion, par Janinet (38).**

Superbe épreuve, avant toutes lettres, imprimée en couleurs, seulement le nom de Janinet tracé à la pointe, à droite, sous le trait carré : elle est fraîche et a la marge du cuivre. Très rare.

535. **L'Innocence en danger, par Caquet (31).**

Très belle épreuve. Très grande marge.

536. **Jamais d'accord. — Le Serin chéri (32 et 52).**

Deux pièces, faisant pendants, gravées par Dnargle (anagramme de Legrand.)
Superbes épreuves imprimées en couleurs. Rares.

537. **Le Lever des ouvrières en modes, par Dequevauviller (36).**

Très rare épreuve à l'état d'eau-forte.

538. **La même estampe.**

Très belle épreuve tirée avant que l'adresse de Dequevauviller ait été remplacée par celle de Bance.

539. ***Mrs Merteuil and Miss Cecille Volange*, par R. Girard (39).**

Très belle épreuve en couleurs. Grande marge.

540. **Les Offres séduisantes, par Delignon (43).**

Très belle épreuve avant toutes lettres, seulement les noms des artistes écrits, à la pointe, sous le trait carré.

541. **Le Petit conseil, par Janinet (48).**

Superbe épreuve imprimée en couleurs; elle est très fraîche et a sa marge entière non ébarbée. Très rare de cette qualité.

542. **Qu'en dit l'abbé? par N. de Launay (51).**

Superbe épreuve avec les armes, le titre et les noms des artistes sans aucunes autres lettres. Très rare.

543. **La Séparation inattendu (*sic*) (52[2]).**

Très belle épreuve, imprimée en couleurs, d'une pièce anonyme non décrite par M. Bocher. C'est la composition ayant pour titre : *Le Repentir tardif*, cataloguée sous le n° 52 ; elle est très fraiche et a une grande marge. Excessivement rare.

544. **Le Restaurant, par Deni (53).**

Très belle épreuve avant toutes lettres, seulement le titre: *Le Restaurant*, écrit à la pointe sèche, sous le trait carré. Rare.

545. **Le Roman dangereux, par Helman (56).**

Superbe épreuve avant la dédicace. Rare.

546. ***Valmont and Presid[te] de Tourvel*, par Girard (63).**

Pièce ovale tirée des Liaisons dangereuses, tome III, lettre XCIX.

Très belle épreuve en couleurs. Grande marge.

547. **Le Joli chien (app. 4).**

Pièce ovale gravée au burin et au pointillé.

Ancienne et très belle épreuve.

548. **Eh! vite, l'on nous voit. — Si tu voulais (app. 3 et 8).**

Deux charmantes petites pièces, faisant pendants, gravées par Le Cœur.

Magnifiques épreuves imprimées en couleurs, elles sont de

la plus grande fraîcheur et ont leurs marges entières non ébarbées. De la plus grande rareté à trouver réunies et de cette qualité.

549. Le Déjeuné.

Gravé à Genève par F.-D. Soiron, 1786.

Très belle épreuve avant la lettre, mais avec les noms des artistes d'une estampe, non décrite, que l'on trouve habituellement gouachée et dont on attribuait le dessin à Lavreince sans en avoir la certitude.

550. *The Grove*, par Copia.

Très belle épreuve avant la lettre. Non décrite.

LAVREINCE? (D'après NICOLAS)

551. La Solliciteuse.

Charmante petite pièce gravée par Guyot ou Le Cœur.

Superbe épreuve, avant toutes lettres, imprimée en couleurs. De la plus grande rareté, sinon unique.

LE BLOND (JACQUES-CHRISTOPHE)

552. FLEURY (A.-H. de), cardinal, ministre d'État. Grand in-f°.

Buste fort comme nature.

Très belle épreuve imprimée en couleurs. De la plus grande rareté.

LE BRUN (D'après LOUISE VIGÉE, Mme)

553. LE BRUN (Mme), tenant sa palette à la main.

Charmant portrait in-8°, de forme ovale, gravé à la manière du lavis par le comte de Paroy.

Très belle épreuve. Fort rare.

554. MADAME (la comtesse de Provence), en buste, la coiffure ornée de plumes. In-f°.

Gravé à la manière noire par W. Pether, 1778.

Très belle épreuve.

555. Louis XVI, roi de France. — Marie-Antoinette d'Autriche, reine de France.

Deux charmants très petits médaillons, ronds, faisant pendants.

Superbes épreuves imprimées en couleurs; le portait de la Reine seule a une très grande marge. Excessivement rares.

LE CLERC (D'après)

556. Jeunes femmes, en bustes, dans des cadres ornés.

Deux pièces, faisant pendants, gravées à la manière du crayon par Bonnet.

Très belles et très fraîches épreuves imprimées en couleurs. Marges.

557. Le Jeu de Dominos. — Le Jeu de Dames.

Deux pièces, faisant pendants, gravées par Bonnet.

Superbes épreuves tirées à la sanguine; elles sont très fraîches et ont leurs marges entières non ébarbées.

LE COEUR (Louis)

558. Néant à la requête.

Très belle épreuve imprimée en couleurs, le jupon est rallongé et le nom de l'artiste gravé au burin.

LEROY (D'après)

559. Coucou, par P. Beljambe.

Très belle épreuve imprimée en couleurs.

LE VACHEZ père

560. Bonaparte, premier Consul de la République Française, d'après Boilly. In-f°.

Médaillon, ovale, reposant sur une tablette décorée d'une vignette, de Duplessi-Berteaux, représentant la Revue de quintidi.

Superbe et très fraîche épreuve imprimée en couleurs. Très rare de cette qualité.

561. Tascher de la Pagerie (Joséphine), née le 24 juin 1768, sacrée et couronnée Imp^ce des Franç^ais le 11 frimaire an XIII (2 décembre 1804). In-4°.

Très belle épreuve imprimée en couleurs. Rare.

LEVILLY (Par et d'après Jean-Pierre)

562. L'Instant favorable.

Très belle épreuve imprimée en couleurs.

LONGUEIL (Joseph de)

563. Les Dons imprudents. — Le Retour à la vertu.

Deux pièces faisant pendants.

Magnifiques épreuves, avant toutes lettres, imprimées en couleurs: elles sont de la plus grande fraîcheur et ont de bonnes marges. De la plus grande rareté de cette qualité.

MACHY (D'après Pierre-Antoine de)

564. Vue des Tuileries, du côté du château, par Descourtis.

Très belle épreuve imprimée en couleurs.

MALLET (D'après Jean-Baptiste)

565. Par ici!.. — Chit Chit!..

Deux charmantes petites pièces, faisant pendants, gravées par Copia.

Superbes et très fraîches épreuves tirées en bistre. Marges.

MARILLIER (D'après Pierre-Clément)

566. Les Désirs réciproques. — Les Regrets inutiles.

Deux pièces, faisant pendants, gravées par Mme Chevery.

Très belles épreuves. Marges des cuivres.

MARIN (L. Bonnet, sous le pseudonyme de)

567. *The Pretty noesegay Girl*, d'après Greuze.

Très belle épreuve, imprimée en couleurs, tirée avant l'addition du cadre, rehaussé d'or, qui entoure l'estampe. Très rare.

568. *Provoking Fidelity*, d'après Parelle.

Très belle épreuve, imprimée en couleurs, tirée avant l'addition du cadre, rehaussé d'or, qui entoure l'estampe. Très rare.

569. *The True Paternal Care. — The Dangers of the Sleep.*

Deux pièces, faisant pendants, dans des cadres rehaussés d'or.
Très belles épreuves imprimées en couleurs.

MARTINET (A Paris, chez)

570. Marie-Louise, archiduchesse d'Autriche, impératrice des Français, en pied. In-8°.

Très belle épreuve coloriée. Marge.

MONDHARE (A Paris, chez)

571. L'agréable Surprise.

Très belle épreuve.

MONNET (D'après Charles)

572. Le Larcin. — L'Amour est de tout âge.

Deux pièces, faisant pendants, gravées par Robillac.
Très belles et très fraîches épreuves imprimées en couleurs. Grandes marges.

MOREAU l'aîné (D'après Louis)

573. Le Villageois entreprenant. — L'Escarpolette.

Deux pièces, faisant pendants, gravées à l'eau-forte par Germain, et terminées au burin par Patas.
Très belles épreuves avant la lettre.

MOREAU le jeune (Par et d'après Jean-Michel)

574. La Promenade. — Promenade de l'après-dîné. — Promenade du soir. — L'agréable Société (E. Bocher, 183, 184, 186 et 187).

Quatre pièces d'après des groupes tirés de la suite des *Ports de mer de France*, de Joseph Vernet.
Très belles et très rares épreuves avant toutes lettres. Marges.

575. Place Louis XV (204).

Très belle et rare épreuve avant le numéro et avant la retouche. Grande marge.

576. La Cinquantaine, 1771 (240).

Superbe épreuve d'une charmante pièce. Très rare.

577. Exemple d'humanité donné par Mme la Dauphine le 16 octobre 1773, gravé par F. Godefroy (244). — Trait de bienfaisance (Marie-Antoinette), par et d'après A.-F. David.

Deux pièces faisant pendants.
Très belles épreuves. Grandes marges.

578. Portrait de la cathédrale d'Orléans, d'après Trouard (855).

Vignette frontispice du bréviaire de Mgr de Jarente.
Très belle épreuve.

579. Les Précautions, par P.-A. Martini (1349).

Très belle épreuve avec les lettres A. P. D. R. (Avec Privilège Du Roi), lesquelles ont été effacées, par la suite, dans l'édition de Neuwied-sur-le-Rhin. Grandes marges.

580. N'ayez pas peur, ma bonne amie, par Helman (1351).

Très belle épreuve avant la lettre.

581. C'est un fils, Monsieur! par C. Baquoy (1352).

Très belle épreuve avec les lettres A. P. D. R. Très grande marge.

582. L'Accord parfait, par Helman (1355),

Très belle épreuve avec les lettres A. P. D. R. Marge du cuivre.

583. Le Rendez-vous pour Marly, par Guttenberg (1356).

Très belle épreuve avec les lettres A. P. D. R. Très grande marge.

584. **Les Adieux, par N. de Launay (1357).**

Très belle épreuve avec les lettres A. P. D. R. Grande marge.

585. **La Dame du Palais de la Reine, par A. Martini (1359).**

Très belle épreuve avec les lettres A. P. D. R. Marge du cuivre.

586. **Le Lever, par L. Halbou (1360).**

Très belle épreuve avant la lettre. Grande marge.

587. **La Partie de Wish, par Dambrun (1365).**

Très belle épreuve avant la lettre.

588. **La petite Loge, par Patas (1368).**

Très belle épreuve avec les lettres A. P. D. R. Très grande marge.

MORLAND (D'après GEORGES)

589. *St James Park. — A Tea Garden.*

Deux pièces, faisant pendants, gravées par D. Soiron, 1793.

Superbes épreuves, imprimées en couleurs, de deux des plus importantes et aussi des plus jolies pièces de l'École anglaise de la fin du XVIIIe siècle; marges. Très rares de cette qualité.

590. *Cottagers. — Travellers.*

Deux pièces, faisant pendants, gravées à la manière noire par Ward, 1791.

Très belles épreuves. Marges.

591. *The cottager's wealth. — The fleecy charge.*

Deux pièces, faisant pendants, gravées par G. Keating, 1796.

Très belles épreuves en couleurs. Marges.

592. *The Country Stable*, gravé à la manière noire par W. Ward, 1792.

Très belle épreuve en couleurs.

593. *The fruits of early industry and economy. — The effects of youthful extravagance et idleness.*

Deux très jolies pièces, faisant pendants, gravées à la manière noire par W. Ward, 1789.
Très belles épreuves.

594. *Fox hunting : The death*, grande pièce gravée, à la manière noire, par E. Bell.

Très belle épreuve en couleurs. Marge.

595. *A visit to the child at nurse*, charmante pièce gravée, à la manière noire, par W. Ward, 1788.

Très belle épreuve en couleurs : elle est très fraîche et a de la marge.

MORRET (Jean-Baptiste)

596. Bonaparte, premier Consul, d'après Appiani. In-f°.

Il est représenté coiffé d'un chapeau et vêtu du costume brodé qui lui fut donné par les Dames de la ville de Lyon.
Superbe épreuve imprimée en couleurs.

597. L'Oiseau de Lubin.

Très belle épreuve imprimée en couleurs. Rare.

MULLER (Jean-Gothard)

598. Lebrun (*L. Vigée*, Mme) tenant à la main sa palette, d'après elle-même. In-f°.

Très belle épreuve avant toutes lettres. Marge.

MURPHY (John)

599. Marie-Antoinette, dans sa prison, gravé à la manière noire d'après la marquise de Bréhan. Gr. in-f°.

Elle est assise, en costume de veuve, près d'une table sur laquelle se voient le buste du roi et son testament.
Superbe épreuve avant la lettre : elle est très fraîche et a une très grande marge.

600. MARIE-ANTOINETTE, *Queen of France*, en buste, gravé à la manière noire, d'après le crayon de De Koster, 1793. In-f°.

Très belle épreuve. Marge.

NATTIER (D'après JEAN-MARC)

601. La Belle Source (ÉLISABETH DE LA ROCHEFOUCAUD, duchesse D'ANVILLE), par Méliny. In-f°.

Très belle épreuve, Marge.

NEIDL (JEAN)

602. Portrait d'une Princesse de la maison d'Autriche.

Médaillon ovale, in-4°, gravé d'après Kreutzinger, 1799. Superbe épreuve, avant la lettre, tirée en bistre.

PAROY (JEAN-PHILIPPE-GUY DE GENTIL, COMTE DE)

603. La Caverne de Brigands.

Très belle épreuve, avant toutes lettres, imprimée en couleurs.

NORTHCOTE (D'après JOHN)

604. *The Milk Woman*, gravé à la manière noire par J. Walker, 1783.

Superbe épreuve avant la lettre (lettres tracées). Marge.

PARELL (D'après M. A.)

605. *The origin of the Garter*, pièce anonyme gravée à la manière noire.

Très belle épreuve.

PETERS (D'après WILLIAM)

606. *Lydia*, gravé à la manière noire par W. Dickinson.

Superbe épreuve.

607. *Sylvia*, gravé à la manière noire par J. R. Smith.

Très belle épreuve ayant une grande marge. Rare de cette qualité.

PFEIFFER (C.)

608. Kinsky (La princesse Thérèse), née Drietrischtein, d'après J. Gassy. In-f°.

Très belle épreuve avant toutes lettres.

PHELIPPEAUX

609. Marie-Antoinette d'Autriche, reine des Français, d'après Mme Dabos. In-8°.

Très belle épreuve imprimée en couleurs.

QUEVERDO (D'après François-Marie-Isidore)

610. Le Bouquet galant, par Dambrun.

Très belle épreuve.

611. Les Saisons.

Suite de quatre médaillons, ovales, dans des cadres ornés. Très belles épreuves.

612. Nouvelle du Bien-aimé, par Romanet.

Superbe épreuve avec le titre et les noms des artistes sans aucunes autres lettres: elle est très fraîche et a une très grande marge. Rare de cette qualité.

613. L'Amour lançant une flèche. — L'Amour qui pleure. — La Pensée de l'Amour. — L'Amour qui sommeille.

Suite de quatre médaillons ronds, dans des cadres ornés, gravés par Basan.
Très belles et très fraîches épreuves.

RANSONETTE (Pierre-Nicolas)

614. L'Heureuse Famille.

Superbe épreuve avant toutes lettres.

REGNAULT (Nicolas-François)

615. Le Lever.

Magnifique épreuve, avant toutes lettres, imprimée en couleurs. La planche ayant été diminuée par la suite, l'empreinte est, dans cet état, beaucoup plus grande; elle est très fraîche et a une très grande marge. Excessivement rare.

REYNOLDS (D'après Sir Joshua)

616. *A Bacchante* (Emma Hart, *Lady* Hamilton), gravé à la manière noire, par J. R. Smith, 1784. Petit in-f°.

Très belle et rare épreuve imprimée en couleurs. Sans marge.

617. Boothby (*Miss Penelope*), gravé, à la manière noire, par J. Park. 1779. In-f°.

Très belle et rare épreuve avant la lettre (lettres tracées), les noms des artistes à la pointe. Très grande marge.

618. Bunbury (*Lady Sarah*), en vestale; gravé à la manière noire par Fischer, 1766. Gr. in-f°.

Très belle épreuve. Grande marge.

619. Bunbury (Mrs). à mi-corps; gravé à la manière noire par J. Watson, 1778. In-f°.

Superbe épreuve. Toute marge.

620. Campbell (*Miss Sarah*), gravé à la manière noire par V. Green. 1778. In-f°.

Magnifique épreuve avant la lettre (lettres tracées), elle est très fraîche et a une grande marge. Excessivement rare de cet état et de cette qualité.

621. COMPTON (*Lady Elisabeth*), en pied; gravé à la manière noire par V. Green. In-f°.

Superbe et rare épreuve du 1er état : avant le nom du personnage et avec les inscriptions tracées à la pointe.

622. CORNWALLIS (*Jemima, Countess*), assise, tenant un livre à la main; gravé à la manière noire par J. Watson, 1771. Petit in-f°.

Superbe et rare épreuve avant la lettre (lettres tracées).

623. CUMBERLAND (*Henry Duke of*), en pied; gravé à la manière noire par Th. Watson, 1774. Gr. in-f°.

Très belle épreuve.

624. HARRIS (Sir J.), par C. Watson. In-4°.

Très belle épreuve.

625. JAMES HEWITT (*The Right Hon.*), *Viscount* LIFFORD, *late Lord high Chancellor of Ireland*, en pied: gravé à la manière noire par Dunkarton. Gr. in-f°.

Superbe et très rare épreuve avant toutes lettres, la marge remplie d'essais d'aqua-tinte.

626. HORNECK (*Miss*), assise, en costume oriental; gravé à la manière noire par R. Dunkarton. 1778. In-f°.

Superbe épreuve avant la lettre: elle est très fraiche et a une petite marge.

627. KAUFFMANN (*Angelica*), par F. Bartolozzi. 1780.

Très belle épreuve, avant la lettre, imprimée en bistre. Doublée.

628. KEMBLE (*Miss*), en buste; gravé à la manière noire par J. Jones. 1784. In-f°.

Superbe épreuve; elle est très fraiche et a une grande marge. Très rare de cette qualité.

629. HARRINGTON (*Jane, Countess of*) *and her Children*, par F. Bartolozzi. In-f°.

Magnifique épreuve, avant la lettre, imprimée en couleurs;

elle est très fraîche et a de la marge. De la plus grand rareté de cet état et de cette qualité.

630. Lee (*The Right Hon. Lady Elisabeth*), *daughter of Simon, Earl of Harcourt*, assise; gravé à la manière noire par Fisher. In-f°.

Superbe et très rare épreuve, avant toutes lettres, imprimée en bistre: elle est très fraîche et a une petite marge.

631. Leinster (*Emilia, Duchess of*), en buste: gravé à la manière noire par Dickinson, 1788. In-f°.

Très belle épreuve avec le nom du personnage tracé à la pointe et avec toutes les autres inscriptions gravées. Rare.

632. Montagu (M^rs), à mi-corps, gravé à la manière noire par J. R. Smith, 1776. In-f°.

Très belle épreuve. Marge.

633. Montagu (Lady Caroline), en pied: gravé à la manière noire par J. R. Smith, 1777. In-f°.

Superbe épreuve. Très grande marge.

634. Melbourne (*The Right Hon. Elisabeth, Lady*), en buste: gravé à la manière noire par Finlayson, 1771. In-f°.

Très belle et rare épreuve avant la lettre. Marge.

635. Palmer (*Miss Theophila*), en buste: gravé à la manière noire par J.-R. Smith. In-f°.

Superbe épreuve.

636. Pelham Clinton (*Lady Catherine*), enfant, donnant à manger à des poules: gravé à la manière noire par J.-R. Smith. In-f°.

Très belle épreuve.

637. Powlet (*Lady Catherine*), *daughter of His Grace the Duke of Bolton*, assise, caressant son chien; gravé à la manière noire par J.-R. Smith, 1778. In-f°.

Très belle épreuve.

638. Robinson (*Richard*), à mi-corps: gravé à la manière noire par J.-R. Smith. In-f°.

Superbe épreuve avant toutes lettres, seulement les noms des artistes tracés à la pointe. Très rare.

639. Schindlerin (*Madame*), célèbre actrice, en buste, les mains dans son manchon; gravé à la manière noire par W. Dickinson. In-f°.

Très belle épreuve avant une très grande marge.

640. Sheridan (*Mrs*), en sainte Cécile; gravé à la manière noire par W. Dickinson. In-f°.

Très belle et rare épreuve avant la mention : *Engraved at 158 New Bond street*, après le nom du graveur.

641. Smith (*Lady*) *et ses enfants*, par F. Bartolozzi. In-f°.

Magnifique épreuve imprimée en couleurs; elle est très fraîche et a la marge du cuivre. Excessivement rare de cette qualité.

642. Tarleton (*Colonel*), en pied; gravé à la manière noire par J. R. Smith. Gr. in-f°.

Superbe épreuve avant la lettre (lettres tracées).

643. Taylor (*Elisabeth*), à mi-corps; gravé à la manière noire par W. Dickinson. In-f°.

Magnifique épreuve; elle est très fraîche et a une très grande marge. Excessivement rare de cette qualité.

644. Waldegrave (*Maria, Countess of*), en buste; gravé à la manière noire par J. Mc Ardell, 1762, in-f°.

Très belle épreuve. Marge.

RICHTER

645. Napoleone Buonaparte, d'après le buste de Cerrachi. In-f°.

Très belle épreuve.

ROMNEY (D'après Georges)

646. *Emma (Lady* Hamilton), par J. Jones, 1785. In-f°.

Très belle épreuve imprimée en couleurs, la planche est cintrée. Sans marge.

ROWLANDSON (Par et d'après Thomas)

647. *A sketch from nature*, par W. P. Carey. 1785.

Très belle épreuve.

648. *A Cully pillag'd.* 1785.

Très belle épreuve en couleurs.

649. *Going a going*, 1785.

Très belle épreuve en couleurs. Rare.

650. *A French Family. — An Italian Family.*

Deux des plus jolies pièces du maitre, faisant pendants, publiées en 1786.
Superbes et très fraiches épreuves en couleurs. Rares.

651. *The sad discovery or the Graceless apprentice*, 1786.

Ancienne et première épreuve avec les inscriptions tracées à la pointe et un coloris tout différent de celui des épreuves ordinaires. Très rare.

652. *O tempora, o mores!* par S. Alken.

Superbe épreuve en couleurs.

653. *The dinner Hunt, 1787.*

Très belle épreuve, en couleurs, du premier tirage; la planche a été réimprimée en 1796.

654. *The disappointed Epicures*, 1787.

Très belle épreuve en couleurs.

655. *Waiting for dinner. — At dinner.*

Deux pièces faisant pendants.
Très belles épreuves en couleurs.

656. *Studious Gluttons*, par Alken, 1788.

Superbe et fraîche épreuve en couleurs. Marge.

657. *Interruption or inconvenience of Lodging House*, 1790.

Très belle épreuve en couleurs.

658. *Title pig*, 1790.

Très belle épreuve en couleurs.

659. *Chelsea Beach*. — *Bay of Biscay*.

Deux pièces, faisant pendants, publiées en 1791.
Très belles épreuves. Fort rares.

660. *Saint James's*. — *Saint Giles's*.

Deux pièces sur la même feuille, d'après Wingstead, publiées en 1792.
Très belles épreuves en couleurs. Toute marge.

661. *English travelling or the first stage from Dover*. — *French travelling, or the first stage from Calais*.

Deux belles pièces, faisant pendants, publiées en 1792.
Superbes et très fraiches épreuves en couleurs.

662. *Benevolence*, par Alken, 1792.

Très belle épreuve en couleurs.

663. Le départ de la Malle-Poste, 1793.

Très belle épreuve en couleurs.

664. *Tea on shore*. — *Grog on board*.

Deux pièces, faisant pendants, publiées en 1794.
Très belles épreuves en couleurs.

665. *The Pea cart*, 1795.

Très belle épreuve en couleurs.

666. *An artist travelling in Wales*, par Marke. 1799.

Très belle épreuve, en couleurs, d'une pièce intéressante et rare où Rowlandson s'est plu à se représenter d'une façon des plus humouristiques.

667. *Damps Sheets*, par F. Malten.

Très belle et très fraîche épreuve en couleurs. Grande marge.

SAINT-AUBIN (Jacques-Gabriel de)

668. Éventail pour le mariage de Marie-Antoinette et de Louis XVI.

Il représente les deux nations fêtant l'alliance, le verre en main, pendant que des Amours enroulent le plan de la dernière guerre.

État d'eau-forte très légèrement indiqué et entièrement retravaillé et accentué par Saint-Aubin, qui a écrit dans le demi-rond blanc de l'éventail : *Je prie M. Duclos de me conserver cette épreuve retouchée avec le plus grand soin.* En l'état, cette pièce peut passer pour un véritable dessin du maître.

669. Spectacle des Tuileries, première vue (De Baudicour. 13).

Très belle épreuve.

670. Le Charlatan (15).

Superbe épreuve du 1er état : avant beaucoup de travaux, notamment avant qu'une seconde grille, moins serrée et montant jusqu'au piédestal, ait été ajoutée au-dessus de la première, la caisse de la voiture du charlatan ainsi qu'une partie du ciel est blanche. Fort rare.

671. Marche du Bœuf gras (16).

Très belle épreuve.

672. Foire de Beson (17).

Superbe épreuve.

673. La Fête d'Auteuil (18).

Superbe épreuve avec marge. Très rare de cette qualité.

674. Le Salon du Louvre (19).

Très belle épreuve du 1er état : avant que la date de 1753 ait été écrite en chiffres romains et que le titre soit précédé du mot : *Exacte*. Rare.

675. Les Nouvellistes (20).

Superbe épreuve.

676. Conférence de l'Ordre des Avocats (21).

Très belle épreuve. Marge.

677. L'Académie particulière (23).

Très belle épreuve. Fort rare.

678. On ne s'avise jamais de tout (41).

Très belle épreuve. Marge.

SAINT-AUBIN (G. DE ?)

679. La Musique et la Poésie.

Deux médaillons ronds suspendus dans un même cadre, par des anneaux, au-dessus de deux cartouches renfermant chacun des vers et une portée de musique.

Très belle et rare épreuve retouchée par le Maître ?

SAINT-AUBIN (Par et d'après AUGUSTIN DE)

680. Louise Émilie baronne de... (Mme A. de Saint-Aubin). — Adrienne Sophie marquise de... (Mme de Breteuil?) (E. Bocher. 7 et 173).

Deux portraits, petit in-f°, faisant pendants.

Superbes épreuves, elles sont de la plus grande fraîcheur et ont leurs marges entières non ébarbées. Fort rares de cette qualité.

681. RUBECQUE (Dernière heure de la baronne de), morte à 36 ans (232). In-4°.

Très belle épreuve.

682. Tableau des Portraits à la Mode. — La Promenade des Remparts de Paris (378 et 382).

Deux pièces, faisant pendants, gravées par P.-F. Courtois.

Très belles épreuves, elles sont très fraîches et ont de grandes marges.

683. *The First come best served. — The Place to the First occupier* (404 et 405).

Deux pièces, de forme ovale et faisant pendants, gravées par Sergent.

Superbes épreuves tirées en bistre et gravées en imitation de lavis; elles sont de la plus grande fraîcheur et ont leurs marges entières non ébarbées. Excessivement rares de cette qualité.

684. Les mêmes estampes.

Très belles épreuves imprimées en couleurs. Sans marges.

685. Au moins soyez discret. — Comptez sur mes serments (Portraits de A. de Saint-Aubin et de Louise Émilie Godeau, sa femme) (406 et 407).

Deux pièces faisant pendants.

Très belles épreuves avec la première adresse, celle de l'auteur, laquelle, par la suite, fut changée deux fois. Marges.

686. L'Hommage réciproque (Portrait de Mme A. de Saint-Aubin), par Gaultier (410).

Superbe et rare épreuve, avant les vers, imprimée en couleurs.

687. La Sollicitude maternelle. — La Tendresse maternelle (414 et 415).

Deux pièces, faisant pendants, gravées, la première par Ant. Sergent et Phelipaux, la seconde par Phelipaux et Moret.

Très belles épreuves imprimées en couleurs.

688. La Jardinière. — La Savonneuse (416 et 417).

Deux pièces, faisant pendants, gravées, la première par A.-S. Phelipaux et Moret, la seconde par Julien et Moret.

Superbes et très fraîches épreuves, avant toutes lettres, imprimées en couleurs. Très rares.

689. La Marchande de châtaignes, par le comte de Paroy (440).

Superbe épreuve avant le nom du graveur et avant quelques travaux.

690. Jupiter et Léda, d'après P. Veronèse (563 et app. 2).

Superbe épreuve avant les inscriptions sur la tablette, mais avec la bordure. Toute marge.

SAYER (A Londres, chez)

691. L'Instant de la gaieté. — La Réflexion tardive. — La Chambrière instruite. — La Perte irréparable.

Suite de quatre pièces, les deux premières sont gravées d'après Duplessis-Bertaux.

Très belles épreuves. Grandes marges.

SCHEINKER (P.)

692. Bonaparte, premier Consul. In-f°.

Portrait équestre gravé, au pointillé, d'après C. Vernet.

Très belle épreuve. Marge.

SCHMIDT (Georges-Frédéric)

693. La Tour (M. Quentin de), sur un chevalet, d'après lui-même. In-f°.

Très belle épreuve. Très grande marge.

SCOTIN (Gérard)

694. Huretti (Mademoiselle), en pied, dansant, 1745. In-f°.

Très belle épreuve. Fort rare.

SCRIVEN (Etienne)

695. Alexandre Ier, Empereur de Russie. In-4°.

Médaillon ovale gravé, au pointillé, d'après C. Kugelgen.

Très belle épreuve imprimée en couleurs.

SERGENT (Par et d'après Antoine)

696. Monsieur, Frère du Roi, né le 17 novembre 1755, d'après Duplessis. In-4°.

Superbe épreuve imprimée en couleurs : elle est très fraîche et a une très grande marge. Très rare de cette qualité.

697. Marie-Thérèse-Charlotte de France, fille de Louis XVI.

Charmant portrait, in-4°, publié à l'occasion du passage de cette princesse, à Basle, le 26 décembre 1795.

Superbe épreuve imprimée en couleurs, elle est très fraîche et a une grande marge.

698. Marceau, né à Chartres, soldat à XVI ans, général à XXII, mort à XXVII. In-f°.

Il est représenté vêtu de l'habit de hussard qu'il portait au moment de sa mort.

Superbe et très rare épreuve, imprimée en couleurs, avec toutes les inscriptions tracées en lettres grises.

699. L'Agriculture considérée, par Moret, 1789.

Très belle épreuve imprimée en couleurs.

700. Il est trop tard, 1789.

Superbe et rare épreuve avant la lettre, imprimée en couleurs; elle est très fraîche et a une grande marge.

701. *The Day's folly*, 1783.

Jolie petite pièce satirique sur la manie des ballons.

Superbe épreuve, imprimée en couleurs, avec le titre et le nom de l'artiste sans aucunes autres lettres; elle est de la plus grande fraîcheur et a une très grande marge. Très rare de cette qualité.

SINTZENICH (H.)

702. Brunswick (L.-H^te von Hartefeld), d'après Schröder. In-f°.

Superbe épreuve imprimée en couleurs.

703. Hoym (C.-G.-H., Comte d'), d'après C.-D.-F. Bach. In-f°.

Superbe épreuve imprimée en couleurs. Rare.

SMITH (Par et d'après John Raphael)

704. Smith (M^rs), gravé à la manière noire. In-f°.

Très belle épreuve en couleurs.

705. Les deux Amis, pièce ovale, gravée à la manière noire.

Très belle épreuve.

706. *Flirtilla.*

Très belle épreuve en couleurs. Sans marge.

707. Thompson (*Miss*), gravé à la manière noire par Jane Thompson. In-f°.

Superbe épreuve imprimée en couleurs. Très rare.

708. *Retirement*, gravé à la manière noire par W. Ward, 1786. In-f°.

Portrait d'une jeune fille assise dans un parc, elle est représentée coiffée d'un grand chapeau et tenant un livre à la main.

Très belle épreuve. Sans marge.

SNACK

709. Anecdote théâtrale de l'homme unique a tout âge. (Couronnement de Voltaire à la 6e représentation d'Irène.)

Très belle épreuve avec marge.

STADLER (Joseph-Constantin)

710. *His Most Christian Majesty Louis 18th* en pied, d'après C. Rosenberg. In-4°.

Très belle épreuve en couleurs d'une pièce, intéressante par sa date, publiée à Londres le 25 mai 1814.

TAUNAY (D'après Nicolas-Antoine)

711. Foire de village. — Noce de village. — La Rixe. — Le Tambourin.

Suite de quatre pièces gravées par Descourtis.

Superbes épreuves imprimées en couleurs, celles de la Foire de village et de la Noce de village, les deux seules pièces de la suite où l'on constate des changements, sont avec les armes, lesquelles ont été effacées par la suite, et avec la dédicace à M. R. Hentzy.

TROY (D'après Jean-Baptiste-François de)

712. Toilette pour le bal. — Retour du bal.

Deux pièces, faisant pendants, gravées par Beauvarlet.

Superbes épreuves tirées avant que la mention : *Tiré du cabinet de M. Prousteau*, etc., ait été effacée; elles sont très fraîches et ont de très grandes marges. Fort rares de cette qualité.

712 *bis*. *Fuyez, Iris, fuyez, ce séjour est à craindre*... par C.-N. Cochin.

Très belle et rare épreuve avant toutes lettres.

VANGELISTY (Vincent)

713. Vergennes (Charles Gravier, comte de), diplomate français d'après Callet, In-f°.

Superbe épreuve avant toutes lettres.

VAN GORP (D'après)

714. Le Déjeuner de Fanfan. — Ah! qu'il est joli.

Deux pièces, faisant pendants, gravées par Malles.

Superbes et très fraîches épreuves, avant toutes lettres, imprimées en couleurs. Très rares.

VARIN (Charles)

715. Occupations champêtres.

Très belle épreuve. Grande marge.

VERNET (D'après Carle)

716. La Danse des Chiens, par Levachez.

Superbe épreuve, imprimée en couleurs, de la plus importante et aussi l'une des plus jolies et des plus intéressantes pièces du maître.

717. Oh! C'est bien ça, par Levachez.

Très belle épreuve, en couleurs, tirée avant que le titre ait été changé et remplacé par celui de : *Costumes modernes. Français et Anglais.*

VIGNETTES (Recueils de)

718. Ovide. Les Métamorphoses d'Ovide gravées sur les dessins des meilleurs peintres français par les soins des sieurs Le Mire et Basan, graveurs, *A Paris, chez Basan et Le Mire.* 1767. 4 vol. in-4°, mar. vert. (*Rel. anc.*)

Album contenant les 140 figures dessinées par Boucher, Eisen, Gravelot, Le Prince, Moreau, etc., ainsi que les 3 pages de dédicace, le cul-de-lampe de Choffard et la table des planches.

719. Du Buisson. Le Tableau de la Volupté ou les quatre parties du jour, poèmes en vers libres par M. D. B. *A Cythère, au temple du plaisir,* 1771. Petit in-8° demi-rel. coins.

1 frontispice, 4 figures, 4 vignettes et 4 culs-de-lampe d'après Eisen.

(WARD (William)

720. *Thoughts on matrimony. — Louisa.*

Deux charmantes pièces faisant pendants; la première est d'après J.-R. Smith.

Superbes épreuves imprimées en bistre, elles sont très fraiches et ont de la marge. Très rares de cette qualité.

WATSON (James)

721. Caroline-Mathilde d'Angleterre, épouse de Christian VII, roi de Danemark; gravé, à la manière noire, d'après Cotes. In-4°.

Très belle épreuve avant toutes lettres.

WATTEAU (D'après Antoine)

722. Louis XIV mettant le Cordon bleu à Mgr de Bourgogne, par N. de Larmessin (De Goncourt, 50).

Superbe épreuve. Grande marge.

723. La Troupe italienne, par Boucher (71).

Superbe épreuve avant la lettre. Excessivement rare.

724. Le Chat malade, par J.-E. Liotard (93).

Très belle épreuve.

725. La Toilette du matin, par P. Mercier (94).

Superbe épreuve; grande marge. Excessivement rare.

726. Les Agréments de l'été, par Joulin (100).

Très belle épreuve. Grande marge.

727. Les Amusements champêtres, par B. Audran (104).

Épreuve à l'état d'eau-forte.

728. L'Assemblée galante, par Le Bas (108).

Très belle épreuve.

729. Le Bosquet de Bacchus, par C.-N. Cochin (113).

Très belle épreuve. Grande marge.

730. Les Champs-Élysées, par N. Tardieu (116).

Très belle épreuve. Grande marge.

731. La Collation, par J. Moyreau (118).

Épreuve à l'état d'eau-forte. État inconnu à M. de Goncourt.

732. La même estampe.

Très belle épreuve. Marge.

733. La Conversation, par M. Liotard (123).

Très belle épreuve. Très grande marge.

734. La Danse paysanne, par B. Audran (125).

Superbe épreuve avant la lettre. Très rare.

735. La Diseuse d'aventures, par L. Cars (127).

Superbe et rare épreuve d'un état non décrit : avant la mention, *Tiré du cabinet de Mr Oppenord*. Toute marge.

736. Les Jaloux, par G. Scotin (142).

Très belle épreuve. Marge.

737. Rendez-vous de chasse, par Aubert (164).

Très belle épreuve. Grande marge.

WATTEAU fils (D'après)

738. Quatre pièces tirées des cahiers F. F. F. et G. G. G. de la : *Suite des Costumes français* (nos 313, 315, 323, et 324).

Très belles et très fraîches épreuves anciennement coloriées.

WEST (D'après Benjamin)

739. *The Golden age*, gravé à la manière noire par V. Green.

Superbe épreuve avant la lettre (lettres tracées).

WHEATLEY (D'après Francis)

740. Jeune femme vue à mi-jambes, étendue sur un canapé et lisant ; au bas, quatre vers.

Pièce, de forme ovale en largeur, par R. Stanier, 1788. Très belle épreuve.

WIGSTEAD (D'après H.)

741. *The Bachelor*, par S. Alken. 1786.

Très belle épreuve en couleurs. Grande marge.

WILLE (Jean-Georges)

742. Largillière (Marguerite-Élisabeth de), d'après N. de Largillière. In-f°.

Très belle épreuve. Très grande marge.

WILLE fils (D'après Pierre-Alexandre)

743. Le Marchand de chansons. — La Marchande de bouquets.

Deux pièces, faisant pendants, gravées par Berthault.
Superbes épreuves imprimées en couleurs, la première pièce est avant l'adresse du graveur.

WRIGHT (D'après J.)

744. Wright (La famille), gravé à la manière noire par V. Green. In-f°.

Superbe et rare épreuve avec les inscriptions tracées à la pointe.

IMPRIMÉ

PAR

PHILIPPE RENOUARD

19, rue des Saints-Pères

PARIS

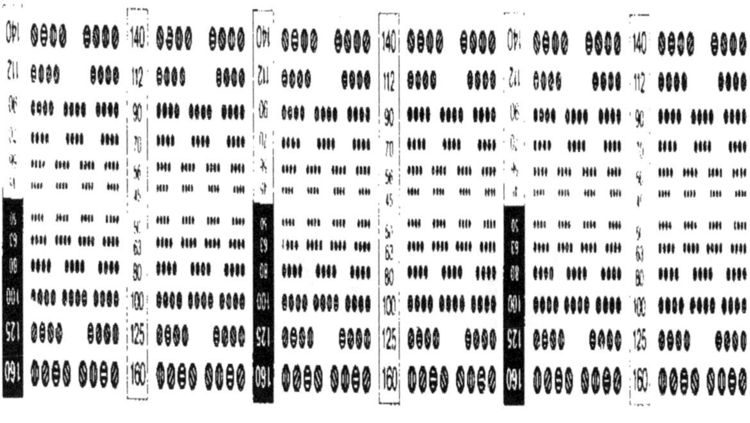

MIRE ISO N° 1
NF Z 43-007
AFNOR
Cedex 7 - 92080 PARIS-LA-DEFENSE

graphicom

www.ingramcontent.com/pod-product-compliance
Ingram Content Group UK Ltd.
Pitfield, Milton Keynes, MK11 3LW, UK
UKHW021103260726
13994UKWH00002B/670

9 782329 329789